黄煌教授近影

（2016年3月摄于南京中医药大学仲景广场）

我的大学

黄煌的经方人生

黄煌 著

中国中医药出版社

·北京·

图书在版编目（CIP）数据

我的大学：黄煌的经方人生 / 黄煌著 .—北京：
中国中医药出版社，2016.6（2024.1 重印）
ISBN 978-7-5132-3222-7

Ⅰ.①我⋯　Ⅱ.①黄⋯　Ⅲ.①回忆录—作品集—
中国—当代　Ⅳ.① I251

中国版本图书馆 CIP 数据核字（2016）第 055311 号

中国中医药出版社出版

北京经济技术开发区科创十三街 31 号院二区 8 号楼
邮政编码　100176
传真　010-64405721
廊坊市祥丰印刷有限公司印刷
各地新华书店经销

开本 880×1230　1/32　印张 10.5　字数 194 千字
2016 年 6 月第 1 版　2024 年 1 月第 5 次印刷
书号　ISBN 978-7-5132-3222-7
定价　39.00 元
网址　www.cptcm.com

服 务 热 线　010-64405510
购 书 热 线　010-89535836
维 权 打 假　010-64405753

微信服务号　zgzyycbs
微商城网址　https://kdt.im/LIdUGr
官 方 微 博　http://e.weibo.com/cptcm
天猫旗舰店网址　https://zgzyycbs.tmall.com

如有印装质量问题请与本社出版部联系（010-64405510）

我没有上过大学，准确地说，我没有大学本科学历。但是，我这一生，都在读大学。

黄煌

序

我没有上过大学，准确地说，我没有大学本科学历。但是，我这一生，都在读大学。

当中医学徒时，医院就是我的大学，飘着草药和艾草香味的门诊大院以及充斥着来苏尔味道的病房走廊，让我的大学更有医学院的气息；那些可敬的老中医，医术精湛，洞察人情，熟悉生活，他们就是我最好的教授。

后来，我来到了南京中医学院（现南京中医药大学，下同）攻读硕士研究生，那里是一所有围墙的大学。在那里，我取得了堂堂正正的研究生学历，获得了硕士学位，而且还就职于这个学校，当过讲师、班主任、学报编辑、研究生部主任以及某个学院的副院长、教授、博士生导师等。我在这个大学里成长，在这里拼搏，在这里尝到了人生的酸甜苦辣。

20世纪80年代末，我顺应了出国潮，到日本京都大学公费进修，之后又多次去日本，最后在日本顺天堂大学拿了博士学位。在日本的时间不长，但给了我不少东西。在那里，我感受到了学术自由的惬意，坚定了从事经方研究推广的决心。

也是在这段时间，我加入了农工民主党，后来当上了人大代表、政协委员；2003年，还就任南京市人大常委会的副主任，在这个岗位上一干就是10年。这期间，我亦官亦民，亦教亦医。中医学的理念和为医的经历，为我参政议政提供了素材和经验；从政界反观中医，让我更清楚地看到中国社会的实际以及明白了中医应该如何应答百姓的呼唤。那个明城墙根下的市府大院，何尝不是我的大学？

21世纪后，互联网改变了世界，我也跟进。2004年，我们师生设立了"黄煌经方沙龙"网，我几乎每天上网浏览新帖，常常被其精彩的内容所吸引。其中，有谈中医发展战略的，有谈经方研究理论的，更多的是谈学习经方、临床应用经方的心得体会，有鲜活的医案实例，有切于临床实用的经验……其中有资深学者的思考，有基层中医的心声，有初学者的困惑，还有患者感人肺腑的求医之诉。互联网的魅力，让大家对经方的热爱之情聚集、研究心得撞击，从而迸发出绚丽的光芒。上网成为我生活的一部分，网络是虚拟的大学。

经方，是经典方的略称。经方不仅仅是方，也是经方医学的代名词。经方医学是以东汉医学家张仲景《伤寒论》《金匮要略》为代表的古典医学，其中蕴含了中医认识疾病、控制疾病的基本思想，也保留了前人使用天然药物的经验结晶，是中医临床的规范。但是，很长时间以来，经方被严重忽略了，经方的价值没有充分发挥，我在学医很长时间之后才发现这个问题。这十多年来，我一直在奋力推广经方，其中讲学是我的主要手段。我去过美洲、欧洲、澳洲、东南亚等许多国家，国内走过的地方则更多。在讲学过程中，我饱览各地风光，造访各位行家里手，触发各种思维火花。行万里路，访千百人，这样的大学，我上得眼目清亮，精神抖擞。

有人说，俄国著名作家高尔基有《我的大学》，你的回忆录也用《我的大学》，是否重复？我也想避免此嫌，但思来想去，没有更好的书名，只得作罢，加个副标题——黄煌的经方人生，以示区别。

我写这本回忆录的目的，是想记录一个中医学徒如何成长为国内外业界关注的学者的人生经历，记录他如何学习中医、发现经方并将此民族文化瑰宝推向世界的知行过程，还记录一个跨世纪中医人的所见所闻。当今的中国，考察人才的标准往往是看学历，但从我的经历来看，学历不是唯一的；特别是评价中医，更不能迷信大学的文凭，更不要迷信硕士、博士的学位。回想起来，庆幸我没有大学本科学历，没有受到教科书的束缚，我才能有一些野性，才能有自由飞翔的冲动，才能提出一些比较独到的见解，才能写出一些受到临床医生欢迎的书籍和文章。

我可能是中医界中的一个特例。在我成长过程中，有难以重复的历史背景，有独特的家庭背景和教育背景，还有我独特的天资和性格。但是，这也离不开医学教育的基本规律。继承、创新、自由、开放、实践、总结，面向临床、面向未来、面向世界，这些都是中医人才培养所必须遵循的原则。如果这本小册子能够成为一个中医人才培养的案例，那就是我最大的期待。

黄煌

2016.1.23

目录

目录

我的老师叶秉仁先生

　　1973年7月，下放农村后回城不久的我被当地政府分配去医院当中医学徒。我拿着卫生局的介绍信，走进了一家当地有名的医院。医院在县城的中心，是座古旧的深宅大院，紧贴着石板大街：石库门、青砖厅堂、木结构的房间、咯吱咯吱响的地板、落地花格长窗、覆有青苔的天井、小巧的厢房……这里挂着挂号室、内科、口腔科、针伤科、皮肤科、药房、化验室、注射室、供应室等科室的牌子。大院最里面是一栋别致的两层小洋楼，那是住院部。在这个医院，我度过了6年的时光。

　　老师是当地有名的老中医叶秉仁先生。他当时60多岁，肤白，头发、胡子花白，对人特别客气，经常点头微笑，是大家所说的"大好人"。先生与我是同乡，且与我父母是世交，大家尊称他为"叶先生"。先生一口县城东乡话，听来十分亲切。所以，与先生交往，我从未有过半点的隔生。

老师（右）是当地有名的老中医叶秉仁先生。他当时60多岁，肤白，头发、胡子花白，对人特别客气，经常点头微笑，是大家所说的"大好人"……与先生交往，我从未有过半点的隔生（1978年）

　　叶先生的医术很好。他早年毕业于上海中国医学院，长期在乡镇行医。调到县城之前，他是东南乡知名的好医生。他既能打针、挂水，又能开中药方子，兼具中西医两种技能。叶先生最擅辨病，常常能在一般腹痛、腹泻中发现肝癌、胃癌、肠癌等病。那时医院有个工友，每天脓血便，按痢疾治疗未效，叶先生一看，说是肠癌，后来果然死于此病。他对疾病的转归非常清楚，他管的病人绝对不会稀里糊涂地死在他手里；只要发现蛛丝马迹，他就会做出处理，或转院，或会诊，或向病人家属交代清楚。所以，就是病人死了，家属还是千恩万谢。叶先生还有一手过硬的临床诊疗技术，不仅能熟练地进行胸腹腔穿刺，而且连那些护士都打不进的小儿头皮静脉针，竟然能一针见血！这些技术都是他当年在农村卫生院练出来的，后来因为手抖也就不摸针筒了。

　　叶先生的医德更是感人。跟他抄方多年，从未看到他与病人红过脸。那年，先生负责创建中医病房，不仅每天查房，晚饭后还要去病房转一转，和病人聊聊天。冬天查房听诊时，他常常先用手焐热听诊器，然后轻轻放到病人的胸口。有一次，病房收住了一位老工人，大便几天不通，用药无效，先生竟然毫不犹豫地戴上手套，亲手为病人掏大便。其情其景，至今历历在目！

我跟叶先生学医的第一天，就坐在他旁边抄方

　　我跟叶先生学医的第一天，就坐在他旁边抄方。所谓抄方，就是先生口述配方，我抄录在处方笺上。中药药名虽多，但经常抄，也就慢慢记住了。那个时候，诊室里各种各样的病人都有，很多都是大病、重病，这些病人都是我学中医的

"教材"。先生看病时，常让我触摸病人的肝脏，那时常常会发现肝脏边缘不整的肝癌患者。遇到心脏病人时，先生会教我听心音，然后在纸上画一圆圈，中画一"十"字，给我讲心脏的结构和功能。先生对方剂很熟悉，遇到比较典型的用方，就会教我背他自己编的方歌。先生编的方歌，一般仅两句，且不拘泥于格律，只要记住顺口即可。至今我还记得逍遥散的方歌：调肝理脾服逍遥，三白（白芍、白术、白茯苓）荷（薄荷）草（甘草）当（归）柴（胡）烧（煨生姜）。开始我用先生的方歌，后来我也学着先生的方法自己编方歌，普通话、方言俚语全用上了，力求形象、诙谐、好记。比如小青龙汤方歌：黄（麻黄）白（白芍）干（干姜）细（细辛）小青龙，五（五味子）桂（桂枝）半（半夏）草（甘草）居当中；三仁汤方歌：三人（杏仁、蔻仁、薏苡仁）扑（厚朴）通（通草）滑（滑石）下（半夏）来。这样一来，兴趣大增，方剂能记住了，可先生的方歌倒反而忘掉了，实在惭愧！

20世纪70年代初期，全国大搞中草药运动，先生积极响应，研究草药。他常用马兰根、板蓝根治疗感冒，用白槿花、马齿苋、望江南治疗痢疾，用马兜铃、鱼腥草治疗咳嗽吐痰，用白花蛇舌草、虎杖根治疗肝炎，用仙鹤草、墨旱莲治疗出血，用合欢皮、夜交藤治疗失眠，用割人藤、猫爪草治疗结核，用夏枯草、豨莶草治疗高血压，用金钱草、海金沙治疗结石，用白花蛇舌草、半枝莲、半边莲、八月札、蜀羊泉治疗肿瘤，用鱼腥草、墓头回治疗带下，等等。先生说，政府有号召，我们必须响应。他一生谨慎，所以他的家庭成分虽然不太好，但在历次政治运动中均未遭大难，这和先生的政治反应敏捷有关。说实话，这些草药的效果平平，但先生还是在临床老老实实地使用，并不断摸索。后来，他竟然创制了几首草药方，代表者有银蝉玉豆汤，用金银花、蝉蜕、玉米须、赤小豆、连翘、浮萍、白茅根、冬瓜皮、车前草水煎服，主治急性肾炎；还有治疗乙型脑炎的银翘青板汤：金银花、连翘、大青叶、板蓝根，他也用来治疗流行性感冒。

我常常晚饭后就去叶先生家，他会让我看他的笔记本，内容大多是按病种摘抄的临床报道和经验介绍

叶先生家离我家很近，我俩常常下班后一路走，一路聊。先生对我讲的最多的就是如何与病人交流。他说，当医生不要将话说绝，因为临床情况复杂多变，要多长心眼。他说周总理说过，人要活到老，学到老；做医生，就是要不断地学习，即使学到老，也还有许多学不了的知识。他常夸我聪

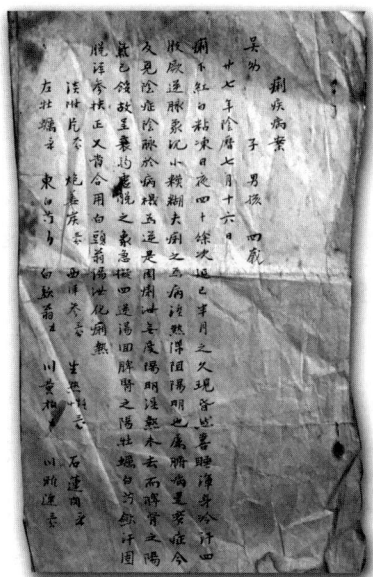

叶秉仁先生墨迹如蝇头小楷，非常秀美

明，但同时又告诫我不能骄傲。我晚饭后常常去叶先生家，他会让我看他的笔记本，内容大多是按病种摘抄的临床报道和经验介绍，中西医均有，分门别类，用钢笔或圆珠笔抄写，如蝇头小楷，非常秀美。

叶先生健谈，尤其是在他高兴的时候，常常谈他的往事。这些往事，几乎都与医有关。他讲过当年在上海读书时，有位调皮的学生将巴豆塞进糕点"蟹壳黄"中结果让误食的同学大泻不止。说到此，他会像孩子般地笑，好像回到了当年。他说，对他学术思想影响比较大的事情，莫

过于传染病的治疗。20世纪40年代末，他刚从学校毕业返乡行医，适逢霍乱大流行，踌躇满志的他立即按张锡纯先生介绍的卫生防疫宝丹配制后分发给病员，但收效不理想，采用补液后才活人很多。后来，又遇流行性脑脊髓膜炎流行，他先用白虎汤、葛根汤等治疗，但效果都不如磺胺类药，更不如青霉素。这对他的触动很大，自此之后，叶先生笃志于中西医两法治病。最让先生骄傲的，也是他反复提起的，是60年代中期参与苏州地区乙型脑炎抢救小组工作的经历。当时，他不仅熟练使用酒精擦浴、冬眠灵内服等物理及药物疗法，同时，还配制了抗病毒退热的验方——银翘青板汤，并成功地用平胃散解决了患儿的胃液潴留、用白虎汤治疗过高热等。因此，叶先生受到了卫生行政部门的表扬，并将他调入县中医院。他常常对我说，学术无国界，治病在疗效，这是先生一生行医经验的总结。先生是极力主张中西医结合的，也是一生进行中西医结合实践者。

我在先生身边学了3年。满师的那天，先生笑着说，从今天开始，要叫你小黄医生了！从此，我开始独立行医。我将先生的诊余医话整理成文，以《杂谈偶记》为题发表在当时声名显赫的《中医杂志》上，先生十分开心。后来，我考上南京中医学院研究生，每年回家，总去先生家看望他。1988年，先生不幸被撞，致使股骨颈骨折，从此卧床不起，经常高热、尿路感染，并开始消瘦。记得1993年春节，我回去看他。先生思维有点乱了，但还能认识我。他喃喃地说要去深圳，还要干番事业。他念念不忘的还是当医生！

这就是我的老师——叶秉仁先生，一位可敬可爱的老医生。

这就是我的老师——叶秉仁先生，一位可敬可爱的老医生
（1987年摄于江阴市中医院）

医院的老中医们

医院的大院里一直飘着各种气味。西边飘出的是艾叶香，时浓时淡，那是针灸骨伤科在用灸疗及温针；东边则常常有稍微呛人但不讨厌的中药味及油烟味，那是皮肤科在熬制药膏；医院二进的厢房里是中药房，周边飘着淡淡的、幽幽的、有点陌生又似乎熟悉的草药香。只是到了后面的病房楼，才让人感到那是医院，因为经常充斥着浓浓的来苏尔味。

我很快熟悉了这里的气味，也渐渐熟悉了这里的人。

夏武英先生，慈祥的老者。他有肺气肿，常常气喘，也怕冷，冬天常常穿着厚厚的棉袄，白大褂紧紧地绑在身上。他好喝茶，满口牙全黑了。他每天上班后的第一件事就是冲茶。那是品质一般的红茶末，茶很浓，发苦、发黑。夏老是城里的老人，一口城中方言，认识的人也很多。我发现，在找他的病人中，老太太特多。他的话，很通俗，就那么几句，什么"浊气在上"，什么"寒气在下"，什么

"肝胃气"，什么"亏"等等，那些老太太们很虔诚地听着，也似乎很满意这样的解释。夏老的方中少用补药，用的最多的是理气药、导滞药，如大黄、枳壳、厚朴、芒硝、青皮、陈皮、乌药、莱菔子等。药很灵，往往一两剂药下去，大便通，神清气爽。夏老治疗咳喘也有一手，每年寒流一来，病房里就住进不少咳喘病人，恶寒无汗，痰多如水，夏老常常用小青龙汤3剂，咳喘即平。

郁祖祺先生，很富态，气色好，鹤发童颜。他的病人非常多，诊室外常常排成长队，病人大多是农民。他看病时神情傲然，不让病人多说。其间对病人或呵斥，或劝慰，或解释，也是寥寥数语。病人常常在他面前或流泪，或嬉笑，然后千恩万谢地领着药方离开。郁先生不写病历，仅写处方，钢笔字迹很潦草，但药房的药工能认识。其用药也很奇特，没有成方，药也不是常用的，如白金丸、甘松、瓦楞子、蒲公英、磁石、刺猬皮等。因为病人太多，院长让我帮他抄方数月，他很高兴。有次诊余，他告诉我一张方，说治疗顽固性呃逆很灵，我一看，就是王清任《医林改错》中的血府逐瘀汤。后来我试用于数例顽固性呃逆，果然有效。他的抽屉里只有两本书，一是《医林改错》，一是《本草备要》。郁先生有点另类，有些中医人视其为"野路郎中"，但他对农民的常见病、多发病确有经验。如治发热，他常常先用荆芥、麻黄等发汗；如热不退，则用柴胡、青蒿等和解；最后一招，是用黄芪、鳖甲等理虚。这三招，正是治疗发热性疾病的三大治法。他治妇科病，多用清热止血药，见效快捷；治肾病，多用清热利湿的草药，几乎不用补药，且病人不忌盐。郁先生开的药方很便宜，农民喜欢他。

与郁祖祺先生同一科室的是韩鸣凤先生，一位老读书人，清瘦，高度近视，驼背，成天埋在一张旧藤椅里，诊桌上放了不少古籍，如《时病论》《温病条辨》等。韩先生写处方是极其认真的，慢悠悠的，圆珠笔用三个指头抓着，是毛笔的握法。处方笺上要写脉案，文言文，之乎者也，也是老法。韩先生的处方笺都用复写纸备份，一张张夹得整整齐齐。他的病人不多，话也不多，清闲时只是静静地读书，守着他那属于自己的世界。

孙泽民先生擅长外科、皮肤科、痔科，瘦高个，皮肤白，非常精神。他不是本地人，操一口苏北方言，是老中医中最具有开拓精神的人。他早年曾撰写过有关痔科的专著，发明了枯痔疗法等，其创办的肛肠科远近闻名。后来，他又专搞皮肤科，研制了不少外用药。人们出入皮肤科，经常可看到一个铁锅，沸腾的油里是不知名的黑黄的中药。后来，医院有了制剂室，也主要生产皮肤科的制剂。孙先生不仅能做手术，中药方也开得好。有一次，我看他用黄芪一斤（500g），如此大量，让我开了眼界。现在医院的皮肤科是省级重点专科，这都是孙老的贡献。

　　还要说说中医内科的陈济怀先生，他像个干部，中山装笔挺，浅色框架的眼镜，烟不离手，茶不离口。他的病人以干部为多。我曾看他的处方，以补益药、安神药、理气药为主，药味比较多。中医外科的曹医生，头发油亮、后梳，平时不苟言笑，善于治疗疔疮疖肿。针伤科的顾仲雍先生，个头不高，话很少，每年夏天是他最忙的时节。家乡农村有冬病夏治的习俗，说伏天针灸能去病根，所以，针伤科门口常常挤满了人。老百姓说他能治"半边风"，也就是半身不遂。

　　离开家乡已经很多年了，但回想起来，当年老前辈们的音容笑貌依然清晰。说实话，我所在的医院，当时确实不上档次，既没有高大的病房楼，也没有先进的仪器设备，但就是靠这些普普通通的中医人撑起了医院的门面。他们传承着传统的医术，并以其丰富的生活阅历和经验，在为当地的老百姓解决病痛。这些人虽然白大褂不挺括，但他们很会当医生。大家都喜欢忙，喜欢病人多，下班晚，常常是一种荣耀，一种骄傲。叶秉仁先生也常常拖班，有时中午结束门诊，都快一两点了，但先生依然满面春风，毫无倦色，步履轻盈地下班。郁祖祺先生虽然不被官方重视，但因为病人多，他依然很有尊严。

医生，是因为有病人才有存在的价值；名医，是因为有一大批崇拜他的病人，才成为名医。这个道理，那些老先生们比现在医学院校毕业的学生更加心知肚明。家乡的老中医，就是这样一群熟悉人情世故，精于刀针方药技术，且与病人打成一片的聪明人！

在编写组的那些日子

　　"文革"中，毛泽东主席重视中西医结合和赤脚医生，因此，中医学受到特别礼遇：西医学习中医。县里组织了学习班，也组织人员编写教材。于是，一批被下放到乡镇医院的老中医陆续返城，这种机会给他们带来极大的满足和安全感，大家以报恩的心态，小心翼翼而又全身心地投入到西医学习中医教材的编写工作中去。那个时候，县卫生局的这个临时组织叫"编写组"，我也被抽调到那里工作。

　　编写组的负责人是卫生局干部潘纲先生。他当时四十多岁，个子不高，但讲起话来中气十足，走起路来急急匆匆。他喜欢写毛笔字，颜体，胖胖壮壮，似与其人不相称。他中医学徒出身，又长期从事中药管理工作，尤其能识很多草药，是当时全县大搞中草药的领军人物。他点子很多，干劲更足，一个县自己编写西医学习中医的教材，这在当时可以说是大胆的举动。但他成功了！靠一股执着的干劲，靠上级领导的支持，更靠家乡几位老中医的辛勤工作。

西医学习中医班的教材是《中医学简编》，分上下两册，上册是基础理论，下册为内、外、妇、儿各科临床，像模像样。县里受苏州地区委托，轰轰烈烈地办了好几期学习班，江阴也因此出了名，外地的取经者来了不少。编完教材，又开始整理总结老中医经验，编写《老中医医案选编》。此书收集整理了全县近20位名老中医的验案，还收录了江阴地区已故名中医，如华士姜氏、柳宝诒、邓养初、朱莘农、朱少鸿等人的医案。书的扉页用黑体字醒目地印着毛主席语录：思想上、政治上的路线正确与否是决定一切的；中国医药学是一个伟大的宝库，应当努力发掘，加以提高。前言也写得很有时代特征：为了全面贯彻执行毛主席革命卫生路线，以适应广大医务人员、赤脚医生的迫切需要，我们在上级党委的关怀和支持下，充分发动群众，组织力量，发掘、整理老中医丰富的实践经验，帮助老中医整理验案，并采取了请进来、走出去的方法，广泛征求各方面的意见，编成了这本《老中医医案选编》。

我在编写组的工作，最初是教材的文字修改润色，后来担任老中医医案的整合以及按语的撰写，也算是个业务骨干。这段日子，我学到很多东西，对中医的认识大大深化了。在那里，我又遇到了几位好老师，几位家乡的名中医。他们的人和事，至今还在眼前。

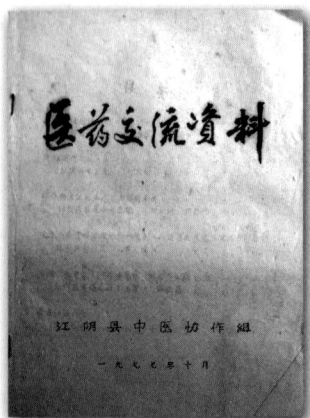
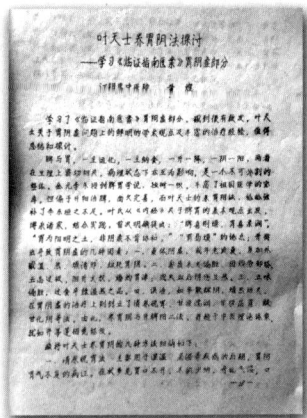

这是 1977 年江阴县中医协作组编印的学术资料油印本，上面有我写的《叶天士养胃阴法探讨》一文

当年编写组编写的教材、书籍

邢鹂江先生，瘦弱而矮小，其貌不扬，一旦说出他的历史，便让人肃然起敬。他曾经上北京出席过群英会，参加过我国中医院校的第一版教材的编审会议；他是县人大代表，县人民医院中医科主任，大家叫他"邢老"。邢老的字清秀工整，所用的钢笔粗而秃，就如后来的硬笔书法笔一样，字如毛笔字。这不是大话，他的字完全可以当硬笔书法的习字帖。他的医案多用文言文，简洁，有清代医案的遗风。邢先生传承锡澄地区著名的朱氏伤寒之学，擅用经方。我曾看到他早年的医案，用附子，用肉桂，用大黄，均气度非凡。可能是"文革"中被冲击的缘故，晚年用药偏于轻灵，力求平稳了。

邢老的字，清秀工整；他用的钢笔粗而秃，字如毛笔字。
这不是大话，他的字，完全可以当硬笔书法的习字帖

邢老先生平时话不多，对人非常谦恭，每天就是埋头写东西，那时他刚被"解放"。据说在"牛棚"时，他必须先冲刷完厕所，然后才能到门诊看病。我常去他的单身宿舍，但从没听其说过下"牛棚"的事情，那时，师母在乡下，邢老一人住在医院的宿舍里。一间20多平米的房间，家具极为简单，只有桌椅和床，外加一木书架。书架内放满了他积累的病历，叠得整整齐齐。邢老说过："人之一生，有一桌一椅一床足矣。"我每次去看他，他都很高兴，常常用那只布满茶渍的瓷杯，给我冲上一杯奶粉，一边让我喝着，一边讲他过去的事情。

我与邢鹏江先生游灵谷塔，就是在此地，他勉励我"有志者事竟成"

我有几次跟邢老出差的机会。记得有次去苏州，在书店里看上了一本任继愈先生的《中国哲学史》，邢老看我喜欢，竟然立即掏钱买下送我了。最让我终身铭记的是1975年和邢老的南京之行。那时的我，非常希望能来省城上大学，但苦于没有机缘，不免有些惆怅。趁在省卫生厅参加医学界"评法批儒学术座谈会"的间隙，我俩去了东郊的中山陵。邢老带我到了灵谷塔下，让我登塔，他说他气喘，不上了。可是等我上楼凭栏眺望时，老人居然也来到九层塔顶。下塔后，邢老问："你看到啥了？"我一时不明白。邢老说："你后退十步再看看。"我后退几步，抬头一看，塔身有"有志竟成"四个遒劲大字。我顿时明白了先生的良苦用心！后来，我考上了南京中医学院研究生，老人特别高兴，特地送我一本笔记本，扉页上用毛笔工工整整地写着"浴沂集"三字，并赠言，最后有"志士景行，可瞻竟成"一句。现在，每当我看到这本笔记本，就想到这位可敬的老人！

编写组的主笔，是夏奕钧先生。他与邢鹂江先生师出同门，都是朱莘农先生的得意弟子，我们叫他夏老。夏老是位老顽童，经常与人开玩笑。他的寒暄词很奇特，遇到年轻人常常突然发问："你几时讨阿嬷啦（家乡话：你什么时候娶老婆啊）？"被问者常常一时语塞脸红，而他则呵呵一笑，旁顾其他去了。夏老看病非常认真，往往点着烟，眯着眼，沉思良久，忽然起身，扒开病人的嘴巴，自己也"啊……啊"地张着大口，看病人喉咙及舌苔，坐下，再思索，然后下笔缓缓处方，自言自语，或"枳壳好吃的"，或"还是要用点肉桂"，或"这个人勿好用黄连"……写毕递方，即唤下一个病人，很少和病人闲聊。夏老看病，以发热性疾病为多，见效快；夏老用药，黄连方很多，许多处方开首就是川连八分，所以，老百姓送他一个雅号"夏川连"。夏老重视腹诊，说桂枝证有脐筑，有脉浮露，有气急汗出，有少腹板窒等。他也重舌诊，说用干姜，舌苔要白腻并紧贴舌面；用肉桂，要舌根苔白厚。他还重咽喉诊，凡胃痛，看咽喉充血者，必用芩、连、栀苦寒泄热。这些都是朱莘农先生的经验，但夏老学得好、用得活。我后来关注经方，重视体质，受他的影响较大。

我与夏奕钧先生（左二）以及日本友人森秀太郎先生、安云先生的合影（摄于1999年9月）

夏老的毛笔字也很好看，圆圆润润的，就如他的头。

记得最初见到这位老人时，是一次病房会诊。时值夏天，夏老穿一件格子短袖衬衫，剃着短发平头，很是潇洒。在编写工作上，夏老则很严谨，常常为一个用词反复斟酌，征求大家的看法。他也常常听我的意见，我多从文法角度来讲，特别是关于标点符号的用法，常常让夏老点头称是。夏老比较信任我，经常带我参加学术会议。那个时候，苏州地区中医协作组的活动很多，我跟着夏老去过常熟、吴县、太仓、无锡等，游过光福的香雪海，喝过常熟的桂花酒。有次，他带我去常熟的一家糕团店吃早餐，吃着，他忽然惊呼：有骨头！吐出一看，是他一颗牙！

编写组的条件非常简陋。谢观编的《中国医学大辞典》可以算是最重要的工具书，还有"文革"前出版的一些古医籍，再就是"文革"中编写的中医教科书。编写组成员就是参照这些书籍的写法，结合自己的经验，编写出了教科书——《中医学简编》。现在看看，里面废话没有多少，而且切近临床，比现在厚厚的大学教科书实用得多！那本《老中医医案选编》中，我的笔墨不少，尤其是写柳宝诒、朱少鸿诸先生医案的按语，半文半白，还有点点评医案的味道，当时很是得意。

编写组的工作地点不断地变动，住过县招待所，借用过医药公司的饮片厂。印象最深的，是在水乡璜瑭镇上的医院住了三个月，和邢老、夏老、陈嘉栋先生、刘济农先生等在一起。

陈嘉栋先生白白净净，个头颀长，一口假牙，已经被烟茶渍的牙缝乌黑。他健谈，常常谈过去的趣闻轶事，也谈临床各种奇方妙法。他有本笔记本，里面密密麻麻地记录着各种单方验方。陈嘉栋先生最推崇近代名医张锡纯的《医学衷中参西录》，喜欢用其中的配方，用药也学张锡纯用生的，如生白芍、生甘草、生山药等。他的思路很活，曾写过《眩晕十则》一文，发表在《中医杂志》上。此文让我懂得治疗眩晕原来不仅仅是平肝息风，还可以仅用半夏、生姜两味的小方，也可以使用真武汤、二加减龙骨牡蛎汤等古方。他的字很秀气，就如其人，大概是用惯毛笔了，钢笔也是三指抓的，可惜没有留下他的医案。

在璜塘的那段时光令人难忘。伙食好，天天有鱼虾。晚上则听老先生们闲聊，高兴时，还自娱自乐，我拉二胡，陈嘉栋先生弹三弦。陈先生会唱评弹，尤其是徐调，唱得回肠荡气。陈先生当年是评弹名角徐丽仙的"粉丝"，据说他曾跟着戏班走过好几个码头，确实有点痴迷，也有点浪漫。他还会画兰花，是他师爷——常熟名医金兰升家的风气。金先生的学生必须要有文艺专长，或琴，或画，或诗，或棋。那年我考上南京中医学院研究生以后，还送我一幅他亲手画的水墨兰花。

　　姚立丹医生是编写组里的年轻人，刚从下放的偏远乡村卫生院调来编写组。他浓眉大眼，面方肤白，如果个子高些，那绝对是美男子！他很聪明，知识面非常宽，擅长针灸，尤其对针灸理论有独到看法。那时我还听不懂，但感觉他很了不起。他的文章写得好，我写的文章喜欢请他修改，只要经他的手，文章就好看了许多。后来曾被省城的出版社看中，但他没去，执意要当临床医生。为此，我替他惋惜了好久。

　　在编写组的日子里，有件事情不能不提，那就是"评法批儒"的运动。那时，政界批儒家，医界就批儒医，结果将推崇《伤寒论》的清代医家陆九芝当复古派代表人物批了，而写《温疫论》的明末医家吴又可则被当作具有革新精神的法家派人物捧了。县里领到的任务是写评吴又可和恽铁樵的文章。这是个政治任务，马虎不得！但几位老先生看病可以，要写医学史和政论文，确实为难。夏老那几天急得团团转，带我去拜访了几位县里的文人，记得找过律师金先生，还找过广播站的钱先生，人家很热情，但对中医人物也说不出个一二三。最后，我花了几个通宵，硬写出了《论吴又可尊法反儒的革新精神》一文，让邢鹂江先生去宣读交了差。恽铁樵先生的名字我听叶秉仁先生说过，他当年在上海当过编辑，也办过学，在抵制废止中医的运动中是个了不起的人物。他据理力争，写的《群经见智录》很有深度。他的事迹经姚立丹医生之手，编写出了故事新编《恽铁樵痛斥洋奴》。后来，省卫生厅组织了一个"评法批儒讲师团"，因为我能说普通话，所以让我宣讲这个故事，为此我预演了多次，到省城做了几次演讲，几乎脱稿。不过到现在，那个故事我已忘得一干二净。

我与编写组的先生（图左起）潘钢、叶秉仁、邢鹂江、夏奕钧的合影（1979年9月）

编写组我提供了一个向家乡各位名中医学习请教的绝好机会，可以说，是我的中医研究班。到如今，我依然深深怀念这些可敬的老人们。当年那种纯学术的工作氛

围，那种忘我无私的工作态度，让我无法忘怀。老中医
们对生活、对事业的满腔热忱，一直感染着我，激励着我
向前。

当年爱读的中医书

　　"文革"期间的书很少，中医的书则更少。医院斜对面就是新华书店，那是我常去的地方。正巧，我进医院不久，就在新华书店买到了一套全国高等中医院校教科书，也就是后来被称为"二版教材"的那套书。从此，我开始读书学医之路。这套书有好多本，米黄色的封面。《内经讲义》看了几篇，读不下去；《伤寒论讲义》《金匮要略讲义》实在看不懂，只得作罢。还是《中药学》《中医方剂学》《中医内科学》看得最多。除中医书外，《实用内科学》是我常翻的，这本书是临床医生必备的，上下两册，十六开本，草黄色的封面。当时在书店看到上架，兴奋地心直跳，忙不迭地买了下来，花了近一个月的工资！

　　教科书比较枯燥；《时病论》《温病条辨》等也读得比较艰难，吸引我的倒是那些医案医话。有一次，要塞医院的邓秋鸿先生带来一本线装书——《诊余集》，是一本清末常熟名医余听鸿先生的医案。余听鸿先生学医于孟河，后行医于常熟，医名甚重，雅号"余仙人"。全书是作者的一些治验，全是危急重症，治疗过程描述细致，情节跌宕起伏，引人入胜，读来让人很有现场感。而且余听鸿先生文笔朴实，书如老医灯下娓娓长谈。更重要的是，他的用药多用经方大剂，思路和教科书有别；书中还有他当年学医时的所见所闻，特别是孟河名医行医的故事，其中为人为医的道理、治病用药的经验也给人很多启迪。《诊余集》让我大开眼界。这本书，我手抄了下来。后来，在我写《医案助读》一书时，就选用了其中不少医案。

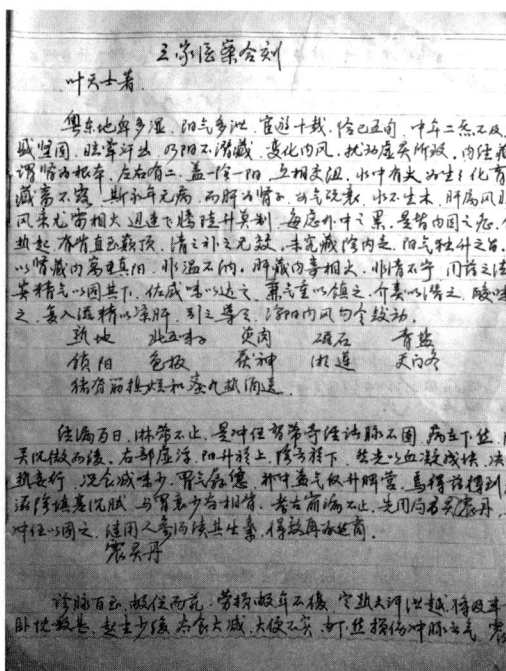

当年我手抄的《三家医案合刻》

医案中，我还细细读了《蒲辅周医案》《治验回忆录》《沈绍九医话》《柳宝诒医案》等，但用力最深、花时间最多的，应该是清代苏州名医叶天士的《临证指南医案》，我们简称"叶案"。学医后，一直听到这位温病大家的大名，也听老前辈们说叶案如何如何难懂，其用药如何如何灵活善变，故对叶案心存敬仰，但苦于买不到这本书。大约是1977年夏天，师弟沈建煜从上海买到了这本刚出版的繁体竖排本，有清代名医徐灵胎的批注。这太让我兴奋了！我不客气地"占"有了。老弟知我心，也笑着不和我计较。那时的我，成天读叶案，抄叶案。《临证指南医案》全书二千余则医案，都是临证的实录，有案语，有用药。案语字数不等，短则二三字，长则十几行，多记述病状，分析病因病机，提示治法，用辞华丽。其用药确实精炼，六味、八味为多，有载药量的，也有只录药名的，更有仅写方名的。此老用药常有奇异之处，很多药是后来不常用或根本不用的，如鲍鱼、海参、淡菜、羊肉、猪脊髓、鱼鳔胶、雄乌骨鸡、白扁豆、莲子……有点像饭店后厨配菜的；还有如甘蔗浆、梨汁、生荸荠汁、藕汁、西瓜，则像水果铺和饮料店；至于如紫河车胶、人乳粉、两头尖、秋石、金汁、纹银、金箔等，则闻所未闻，更不见后世医家入方。叶案中药物的炮制也很怪，如菊花炭、熟地炭、炒麦冬……清香的菊花变炭，还有效吗？熟地炒炭，还能滋阴吗？我不解。

我读叶案，专找其独特之处入眼，也就是教科书中没讲到的概念，如"胃阴""胃阳""温理奇阳""络病""肺痹""内风"等。然后用笨办法一案一案比较，摘录其案语，再归纳分析。后来写出的一些研读叶案的文章，大多采用这种方法。说实话，叶案中的不少理法，名称别致，但实际用药少有独到规律，摆弄半天，也只能看出个笼统大略。可话又说回来，叶案中有些思想方法还是可取的，比如辨体质。他有句话很经典："凡论病先论体质、形色、脉象，以病乃外加于身也。"我当时总结出叶天士的体质分类大致有六：木火质、湿热质、肝郁质、阴虚质、阳虚质、脾弱质，并归纳出辨体手法有十：辨形体、辨病史、辨治疗史、辨饮食、辨起居、辨性情、辨年龄性别、辨天时、辨地理环境、辨家族史。我后来写了篇《叶天士体质辨证探讨》的文章，发表在《江苏中医药》上了。这篇文章除将叶天士辨体经验归纳总结以外，还结合叶案讨论了体质辨证的意义。这篇文章的构思是在1979年夏天，但写成是该年的秋天。那时我刚刚到南京，至今还清楚地记得那是一个周日的下午，教室里空荡荡的，秋日的斜阳透过窗户洒在书桌上，窗外不时飘来阵阵浓郁的桂花香，我一个人静静地趴在课桌上，钢笔尖不停地走着，发出沙沙的声响。我的点点思想变成一行行文字，模糊散乱的叶天士的体质论逐渐清晰起来……那种感觉，真得好极了！

　　那时的书非常珍贵，大多是借的。我经常去叶秉仁先生家去读书和借书。那时最爱看的，是《近代中医流派经验选集》。第一次看到这本书，就觉眼前一亮，首先是装帧雅致，书名题笺是秀丽的行书，出自书法大家白焦先生之手；正文是长仿宋繁体竖排。书中的内容，是近代上海地区著名中医的学术经验介绍，丁甘仁、王仲奇、张骧云、范文虎、朱南山、恽铁樵、徐小甫、费绳甫、陈筱宝、夏应堂等，有的听叶老等前辈说过，有的则是第一次看到。各家独特的视界，别致的经验，清新的文字，犹如阵阵清风拂面，读来十分惬意。后来，叶先生把这本书送给了我，作为

那时最爱看的，是《近代中医流派经验选集》。后来，叶先生把这本书送给了我，作为我考上研究生的礼物。为此，我着实高兴了一阵。这本书一直伴随着我的教学和临床

我考上研究生的礼物。为此，我着实高兴了一阵。这本书一直伴随着我的教学和临床。名医们的学术思想和临床经验，以及成才成名的趣闻轶事，让我的讲课变得生动、变得实用。我爱上经方，也与这本书有关。书里名医中对我影响最大的，莫过于范文虎、恽铁樵、徐小圃三位先生。

他们特立独行的学术个性，给我打开了一扇窗，让我看到了一片充满活力的芳草地。他们告诉我：中医原来可以这样看病！

借人家的书，最怕弄丢或弄脏。有次，我从邢鸸江先生手里看到新出版的《中医基础理论》，邢老说是刚从周慕丹先生处借的，见我爱不释手，邢老就让我看一夜，明天还。可当夜不小心给一小孩在封面上按了个明显的手印，我虽然擦洗，但还是留有污迹。第二天还书，邢老虽没说啥，我的心倒悬了好久。

我的书也借给人家。那本《中医内科学》被进驻医院的工宣队长借去后，从此一去不复返，让我痛惜好久。那可是我必看的教材啊！

20世纪70年代，医院还没有图书室。我们几个年轻人就去卖破烂，将药房里的纸盒和化验室的废旧玻璃瓶拖到废品收购站换钱，然后去新华书店买书，这个月买几本，下个月买几本，居然有了一书橱的书，并在此基础上建起了图书室。后来我去南京读书前，院长要送我礼物，问我要点啥？我说要几本书吧。院长答应了。我高兴地在图书室挑了两本，一本《柳选四家医案》，一本《谢映庐医案》。这两本书，是我1979年春天在无锡古旧书店里淘到的，至今还静静地躺在我的书橱里，成为当年的纪念。

我高兴地在图书室挑了两本，一本《柳选四家医案》，一本《谢映庐医案》。这两本书，是我1979年春天在无锡古旧书店里淘到的，至今还静静躺在我的书橱里，成为当年的纪念

　　现在的中医书，种类可谓多矣！经典的，医史的，方药的，临床各科的，实验的，经验的……不仅有纸质书，还有电子书，但不知怎么的，当年读书的感觉却找不到了。就如每次回老家，都想去当年县城大街上的芙蓉饭店吃碗阳春面。在我的记忆中，那家饭店的面条最好吃，汤鲜，面劲，有一种特别诱人的香味。但后来那个饭店关了，在其他饭店吃了几次，虽然配料更讲究，吃上去也可口，但总没有当年吃面的感觉了，走出店堂，心里头有点淡淡的惆怅。

没有忘却的病例

在医院，我成天和病人打交道，当时能在脑子里留下印象的，倒不是教科书的概念，而是一个个活生生的病例。可以说，学中医，我是坐在病人身边学的。过去很多年了，还想得起初为中医时让我沮丧、让我高兴的病例。

我的叔叔，那年秋天胃病发了，疼得不能吃、不能睡。我忙不迭地给他开方。止痛如川楝子、延胡索，理气如白檀香、佛手片，消炎如蒲公英，制酸如瓦楞子，还有健脾如太子参，和胃如麦芽、谷芽。第二天就去看他，满心欢喜可以邀功，结果叔叔黄着脸，依然是痛。最后，还是吃当时流行的偏方，用痢特灵加维生素 B_6 治愈了老胃痛。那时，我真是失落！现在想来，那不过是个痞证，用半夏泻心汤就可以了。但当时，哪能想到呢？

陈老师，男，中年，住我家街对面。主诉上腹部疼痛，发作时痛感如波浪状向两胁及背部放射，并有嗳气、恶心等。我也不知何病，但告知是气滞，方用佛手、陈皮、旋覆花、焦山楂等。几番更方，无效。后来，陈老师告诉我，检查出来是胆结石，手术后就不痛了。那时，我好难为情！如果现在，肯定明确诊断，用大柴胡汤必效！

也是位老师，他黄瘦，但唇红，四肢常冷，经常来看病拿药，每次都是神情默默，话不多，只是讲疲倦，讲食欲不振，讲睡不着觉。我用健脾药，用安神方，也没有多少效果。后来，我认真地劝他去外地检查，他问是不是很严重，我说脾肾亏虚，这两脏是先后天之本，不能不重视。他一听，就去上海了。后来，在路上遇到他，他一脸不悦，说检查了，我的肝脾肾均好，根本没有病！从此，他也不再来看病了。现在来看，那不就是用点四逆散、半夏厚朴汤之类就行了？我还大动干戈，他也吓得不轻。

至今我忘不了的是那张脸，那张愤怒的脸。那是病房里的一位老年慢性支气管炎、肺气肿患者。我见其喘，便开了葶苈大枣泻肺汤。有怕冷，就加附子；痰黄，是肺热，加黄芩。第二天查房，病人怒目圆睁，说你开的好方，让我一夜泻了好多次！我脸红至脖，尴尬至极！

最让我心痛的，是在1980年的夏天，隔壁邻居的孩子突发高热，继而昏迷，住院诊断为乙型脑炎。我到病房，用中药配合治疗。我受陆九芝先生影响，认为昏迷都是胃家有热，就用小承气汤攻下。药后，大便是有了，是黄色的稀便，但昏迷依然。最后，还是没有救过来。当听到孩子母亲凄惨的哭声，我的心也如同刀绞，作为医生，那是无能！

失败的案例，还有很多很多。说实话，那个时候，没有几个疗效好的，古人所说的"效如桴鼓""覆杯而愈"的标准，犹如远古的神话，在我身边不可能看到。但话也说回来，临床上也有让我兴奋异常的病例，只是很少，但留给我的印象却很深。

有次，病房中收治了一位晚期肠癌患者，剖腹后见广泛转移，无法根治而关闭。术后出现严重腹胀，呃逆连连，考虑为腹膜炎，用抗生素等常规治疗无效。因病人已经神志模糊，便请中医会诊。先请一位资深中医，记得方用枳壳、白术、刀豆壳、柿蒂、陈皮等，药进二服，症状依然。后主治医生让我这个小中医看看。我刚得到郁祖祺先生所传的治呃验方血府逐瘀汤，再看患者腹胀、便秘，当用下法，略为思考，便用血府逐瘀汤合小承气汤。第二天，病人呃逆除，神志清醒，从此病情稳定。后来，病人告诉我说，他当时在昏昏糊糊中闻到一阵异香，那药入口也是清香可口，服下，顿感胸腹间舒畅开来，然后出现排气，人就舒坦地睡着了。那位老人望着我，充满感激的神情。我第一次被感动了，那是一种从未有过的体验，一种只有医生才能体会到的感觉！

有效病例，不仅仅让我感到满足，更重要的是让我产生思考。有位男青年，是位白面书生，患上消化道溃疡，多次出血，颇为苦恼。补气养血的药吃了很多，但依然轻度贫血，更恼人的是头昏乏力和比较严重的盗汗。那时，我从夏奕钧先生处学得桂枝加龙骨牡蛎汤的用法，便用此方治疗，居然立竿见影，症状明显缓解！原来总认为是失血须补血，要用当归、熟地、枸杞；盗汗要用瘪桃干、麻黄根。事实却让我对原先的这种套路产生了怀疑。以后，这张方我用在很多病种上。如春天以后，很多咳喘病人依然不能出院，我发现用桂枝加龙骨牡蛎汤也有效果，因为这些患者大多消瘦、面白浮红、舌嫩苔薄，多伴有失眠、心悸、盗汗等，一般止咳平喘药无效，用此方则能迅速改善症状，如果加上生脉散，更好。此方用来治疗一些神经衰弱、胃痛等患者，也有效。从此，我喜欢上了桂枝汤，看《伤寒论》《金匮要略》中有关桂枝汤的条文，就有点味道了。

做中医，就是要在病人堆里滚。我这几十年，就是这样过来的。我敬重病人。是病人，让我摸索和积累经验；也是病人，让《伤寒论》《金匮要略》的条文变得生动起来。

说的更直白些，是病人教我学中医。做医生，不能没有病人！这是我最深切的体会。

杂书乱读

　　自学中医，好处就是自由。我是自由地读书，遇到什么就看什么，可谓是杂书乱读一气。说是杂书，其实与中医都有关系。

　　"文革"后期的中国，政治味依然很浓，不断有各种政治运动，我读的书，也和这些运动有关。"评法批儒"运动开始了，我并不知道有何政治背景，只知道我有机会接触到不少古文。当时，上海古籍出版社出版了许多活页，大多是法家的著作，有注释，很好读，我见了就买。当时读的最多的，还是荀子的文章。他有很多名言警句，细细读来，启迪良多，如"锲而舍之，朽木不折；锲而不舍，金石可镂""故不积跬步，无以至千里；不积小流，无以成江海""吾尝终日而思矣，不如须臾之所学也"。印象比较深刻的，还有《公孙龙子》中白马非马的辩论，如在当今，绝对是超级辩手！后来，又有了"评水浒"的运动，我也趁机读了《水浒传》，而且还写了些文章。记得我写了几篇有关评宋江，反对投降派的文章，投县城的广播站，还真的播出了，当时我也得意了一番。我接触古诗词，是在那年县卫生局组织的西医学习中医班上。有位学员来自苏州，她毕业于医学院，聪明好学，娴静少语，读的书多。她曾用秀丽的钢笔字抄给我不少古诗词，其中有李白的，有苏东坡的，有李煜的，还有李清照的。此后，我在书店买到了唐诗和宋词的小册子，然后就抄抄念念，有感觉的还送给朋友。说实话，那个时候，自学这些古文及古诗词，也读不深，想不透，但古文的那种感觉，使我在读中医古籍和医案时，少了许多隔阂。

当年我学习《毛选》的札记（1976）

　　"文革"中，鲁迅先生是一面大旗。他老人家的文章，也是我当时能看到的主要文学书。我先是买到了单行本《朝花夕拾》《呐喊》《华盖集》《三闲集》《南腔北调集》等，后来又在县教师进修学校图书馆中借到了《鲁迅全集》。鲁迅先生对中医的看法，深深地刺激了我。我一直弄不明白，我学的中医竟然是鲁迅先生所看不起的！后来，到了南京，研究了医学史，才明白过来。鲁迅先生那种富有个性的批判精神，对于今天研究中医不也是有用吗？那时，我也学鲁迅的笔法写小文章，记得曾就医院的资本主义倾向写过批判文章，说医院绝对不能办成"医店"。

　　70年代中期，有两本杂志影响较大，一本是《自然辩证法》，一本是《学习与批判》，都是上海出版的，大约属于综合性社科类刊物，前者是季刊，后者是月刊。《自然辩证法》中常有哲学的文章，有一期中讲在医疗实践中学哲学的文章对我还有启发，我写过的关于药物用量与功效关系的笔记中就运用了量变与质变的理论。这本杂志还有一些文献的附录，可以给我稍开眼界，如屈原的《天问》与柳宗元的《天对》，就是从那里看到的。屈原的《天问》深沉而热烈，凝重而飘扬；柳宗元的《天对》实在而辩证，睿智而渊博，都让我激动。《学习与批判》有点像《红旗》杂志，但内容更广泛些，常有写历史、哲学的文章。1976年以后，这两本杂志就销声匿迹了，后来才知道那是"四人帮"

办的刊物。现在想来，当时也不懂政治，也不知道写文章的背景，更读不懂文章的政治含义，只是那些文章中有关政治、历史、哲学、经济等学科的术语、概念，让我新鲜，让我开眼，也让我近乎空白的头脑着迷。记得最清楚的，是那次去南京出差返回老家途中，在车站报刊部买到了一本《学习与批判》，一路上读得入迷，差一点忘了下车。

1972年，中日邦交正常化。上海人民广播电台开设了日语教学节目，我也由此开始了自学日语之路。首先是自制了五十音图卡片，记得那次我到江边码头去接参加全省中医工作会议的代表，闲着等客，就把大部分背了出来。我的家乡不远是中央人民广播电台对日广播发射台，电流极强。小时候装矿石收音机，一个二极管，一个天线加地线，

1972年，中日邦交正常化。后来，上海人民广播电台开设了日语教学节目，我也由此开始了自学日语之路（图为当时自学日语时的教材）

就能听到日语广播。这个台要到深夜才有中文广播，所以，那时我戴着耳机，熬到半夜，满耳都是日语，不听也得听，

虽不懂意思，但日语的语气语调不知不觉入了脑。后来学日语入门快，可能与此有关。学日语是为了读日本的中医书，我把自己的想法告诉了一位上海的朋友——邹大根先生，他是我未曾见面的患者和朋友。1976年，我在《新中医》杂志上发表了一篇小文章——实习日记。之后，收到很多读者来信，邹大根就是其中一位。他身体不佳，自学中医，便经常与我通信治病。他给我寄来了两本从旧书店淘到的日本汉方医著，其中一本竟然是大塚敬节先生的《诊断处方与汉方疗法》！他可能没有想到，这本书一直伴随着我，从家乡到南京，现在依然是我的爱物。

我读书没有系统，可谓是乱读。到现在看来，当年读的这些书，还都派上了用场。

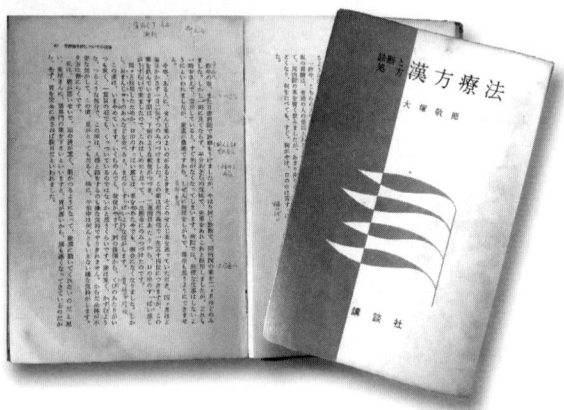

他给我寄来了两本从旧书店淘到的日本汉方医著，其中一本竟然是大塚敬节先生的《诊断处方与汉方疗法》！他可能没有想到，这本书一直伴随着我，从家乡到南京，现在依然是我的爱物

初到南京

　　大门并不气派，但进门后两排参天的法国梧桐给人带来一片清凉。对着大门的是三层主楼，青砖白缝，楼前是密密的大冬青。大门左边是图书馆，右边则是实验楼，两栋都是三层的小洋楼。校园人不多，宁静而安详，这就是我对南京中医学院的第一印象。

读研究生时的我（1979）

　　1979年9月，我考上了南京中医学院首届研究生。据说是300多人报考，录取了20人。曾任校长的项平，现在担任博士生导师的顾武军、杨进、金实、陈文垲、汪受传、李玉堂、熊宁宁、金季玲、梅晓云教授等，还有现在全国知名的以岭药业的总裁吴以岭、寓居荷兰行医的江杨清、定居美国的赵耕先和李道舫、浙江省名中医林真寿、江苏省名中医周光、江苏省中医院儿科专家经捷，以及行医上海的针灸学者张载义、曾任河南开封市政协领导的徐利华等均是当年的同学。那时候，同学们学习非常刻苦。我和吴以岭一屋，他很少有其他爱好，每天就是读书，而且必定要开着收音机读。林真寿则不然，一早起床，到操场上打太极拳，然后或是看书，或是背《伤寒论》，整篇条文烂熟于心，也是真功夫。

南京中医学院首届研究生毕业照（1982年摄于南京中医学院图书馆前）
前排（自右向左）：张载义、金石、陈文岂、俞靓奋（班主任）、徐利华、金季玲、梅晓云
中排（自右向左）：吴以岭、顾武军、熊宁宁、经捷、项平、李道舫、周光
后排（自右向左）：林真寿、李玉堂、赵耕先、杨进、汪受传、黄煌、江杨清

1979年的文化生活依然贫乏。学校给我们配了一台黑白电视机，成为大家的最爱，每天晚饭后散步回来，就坐在电视机前看新闻联播。那家伙是匈牙利制造，质量极差，不久就不亮了。修理不容易，要几个同学一起抬到大行官，修了不多时又坏了，再去修。那家伙特笨重，每次都被它折腾得气喘吁吁。那时的磁带录音机有现在的电脑主机那么大小，两个磁带盘，经常卡带。不过，当时也算是高档学习用品了，需由专人负责。

研究生第一年集中学习四部经典，还开设专家讲座以及《自然辩证法》等课程，担任主讲的都是当时学校实力很强的教授。陈亦人教授清瘦，戴一副近视眼镜，平时不苟言笑，上课非常认真，一口苏北话听似平淡，但却把《伤寒论》辨证论治的精神深深地印刻在你的脑海中。孟澍江教授面宽体胖，中山装笔挺，头发梳理得一丝不苟，讲温病思路十分清晰，内容切合临床，一口高邮方言，声音洪亮，如同王少堂说评书；板书如同书法作品，十分飘逸。讲《金匮》的张谷才教授，瘦高个，高额骨，眼突有精神，秃顶，头发已经全白，讲的是如皋方言。他上课没有备课笔记本，只有几张卡片，但滔滔不绝，讲到动情处，常引起大家的一阵笑声。他讲《金匮》不死抠条文，更多的是讲自己的临床经验，很有个性。沈凤阁教授讲《温热论》，条分缕析，十分细腻。王自强教授身材修长，讲话声音不

陈亦人教授（左二）清瘦，戴一副近视眼镜，平时不苟言笑，上课非常认真，一口苏北话听似平淡，但却把《伤寒论》辨证论治的精神深深地印刻在你的脑海中（左一顾武军教授，右二陈亦人教授夫人）（摄于1994年）

孟澍江教授面宽体胖，中山装笔挺，头发梳理得一丝不苟，讲温病思路十分清晰，内容切合临床，一口高邮方言，声音洪亮，如同王少堂说评书，板书如同书法作品，十分飘逸（摄于1996年）

大，很谦和，大约是镇江地方口音，讲授《内经》慢条斯理，但条理分明，就如叶落后的枝条。王众老师讲《逻辑学》最为投入，板书多而急，擦黑板来不及，干脆用袖管，一堂课下来，衣服上黑白分明。任殿雷老师毕业于厦门大学，但好像讲的不是闽南话，有湖南湖北腔调，不易听懂，其音调偏高，有金属声。他所讲《自然辩证法》内容很广，我很佩服他的知识面。黄剑朋老师讲《医古文》，常常口若悬河，中气十足。最有意思的是唐玉虬教授，头发稀疏，矮矮的个子，是位慈祥的老者。他花了整整一个下午讲《黄帝内经》中"被服章"三字，他考证的结果就是古时官服前面的图案，尽管大家有点不解其意，但还是被老先生执着的精神所折服。吴考槃教授讲座的内容是说《黄帝内经》早已散佚，现今可见的《素问》和《灵枢》两书不是古代的《内经》。所说有道理。吴老一口海门方言，全口假牙咯咯作响，口齿更不清楚，但讲课很认真，讲到得意处，会自己笑起来。我的家乡话与海门话同属吴语系，所以，听得津津有味，而几位来自北方的同学则连连摇头，说根本不知道吴老说的是啥，真是可惜！

班主任是研究生科科长俞靓奋老师，一位肤色白净、气质很好的知识女性。她曾在省级机关工作过，但思想开明，毫无官气。她经常来宿舍看望大家。有次我在偷偷听邓丽君的磁带，不知道俞老师进来，心里忐忑不安，不料她竟然也坐下来一起听《何日君再来》，并聊起邓丽君唱腔的特点来。那时俞老师不仅管学习，还管思想政治工作及计划生育。有次寒假前，俞老师召集我们谈寒假注意事项，记得她一本正经地说要搞好计划生育，说得那些已经结婚的同学脸都红了。

图书馆是校园中最雅致的建筑，大门台阶旁是两棵大铁树，"图书馆"三字据说是著名书画家胡小石的手迹。图书馆中的报刊阅览室在一楼，是我们晚饭后常去的地方，我最喜欢《新华文摘》，不仅读，有时还摘抄一些好的句子。古籍部在三楼，一般人无法进去，里面的线装书真多，书架放得满满的，人在里面转身都不方便。我在那里读了徐灵胎、喻嘉言、尤在泾等许多大家的书，也读了叶天士、王孟英等的医案。当年坐在图书馆古籍部那种静谧沉潜的心境，至今依然令我向往。

苦读

在南京中医学院读研究生课程，那真是读书，成天地读书。

第一年集中学习，我除听讲以外，还找一些自己喜欢看的书读，心情是愉悦的。那时，我才开始细细地、反复地阅读《伤寒论》与《金匮要略》。

《伤寒论》的注本很多，我看的是清代柯韵伯的《伤寒来苏集》，上海科学技术出版社1959年版，繁体竖排，是我从家乡带到南京来的。我一边听陈亦人先生讲《伤寒论》，一边读这本《伤寒来苏集》，书的留白处，我用铅笔密密麻麻地写上读书心得。柯韵伯，名琴，浙江慈溪人，后迁居江苏常熟，《伤寒来苏集》是他研究《伤寒论》的力作。全书共八卷，包括《伤寒论注》《伤寒论翼》《伤寒附翼》三个部分。论注，是对《伤寒论》原文的注释；论翼，是十几篇论文；附翼，是仲景方论。柯韵伯先生主张《伤寒论》为百病立法，不专为伤寒一病而设，认为《伤寒论》

中最关键的是辨寒热、虚实、表里、阴阳，而核心是落在方证上的。陈亦人先生的观点也基本上与柯韵伯一样，读起来印象深刻。特别是柯韵伯的文笔很美，理论分析透彻细致，读起来也感到舒服。我非常佩服这位清代的伤寒学者。

《伤寒论》的注本很多，我看的是清代柯韵伯的《伤寒来苏集》，上海科学技术出版社1959年版，繁体竖排，是我从家乡带到南京来的。我一边听陈亦人先生讲《伤寒论》，一边读这本《伤寒来苏集》，书的留白处，我用铅笔密密麻麻地写上读书心得

　　《金匮要略》是人民卫生出版社出版的《金匮要略方论》，是宋代王洙从蠹简中翻出的那本，我刚学医时买的，但一直看不懂。听张谷才先生讲《金匮要略》后，也开始细读，但眼光基本上是中医教科书的套路，看来看去，总觉得经方零零散散，脑子里建立不起框架，读《金匮要略》的感觉总比不上读《伤寒论》。不过，毕竟是第一次通读了，也做了笔记。

　　《金匮要略》是人民卫生出版社出版的《金匮要略方论》，是宋代王洙从蠹简中翻出的那本，我刚学医时买的……读《金匮要略》的感觉总比不上读《伤寒论》。不过，毕竟是第一次通读了，也做了笔记

那一年，我还细细读了《躯体的智慧》一书，这是美国著名生理学家坎农的著作。他的内稳态概念吸引了我。坎农认为，内稳态不是静止的，而是一种维持内环境稳定的自我调节过程，是一种动态的平衡。坎农用流畅的文字，新颖的观点，描述了神经、内分泌以及血液缓冲作用下出现的复杂的生命现象，同时也揭示了一个古老

那一年，我还细细读了《躯体的智慧》一书，这是美国著名生理学家坎农的著作。他的内稳态概念吸引了我……我摘抄了坎农的很多原话，卡片有一叠

而时髦的哲学命题：整体大于部分的总和。这位西方医学家与东方古代医学家在认识人体的角度上有惊人的相似！我感到兴奋，同时，对《伤寒论》《金匮要略》处理疾病的思想方法有了新的认识。那时，我摘抄了坎农的很多原话，卡片有一叠。

　　第二年，研究生开始分科，我选择了中医各家学说研究方向。各家学说教研室刚成立不久，主任是丁光迪先生——一位成天读书的老学者。我就在他身边的桌子上读中医书。那时，我是死读书，按照教科书《中医各家学说》上的人物通读其著作。我的读书笔记是按人物介绍、著作

提要、主要学说、后世影响、学术评价等几个方面来做的，基本上是大段地摘抄书中的论述，然后用红笔在旁边进行提要批注。批注用的是蘸水钢笔，那笔尖不耐磨，几个月下来，写秃了十多个，当然，笔记稿本也高高一大摞。教研室朝北，冬天很冷，每天早晨，我们都要先生火炉，上置水壶，炉火一旺，室内很暖和，那就是静心读书的时间了：水壶丝丝地叫，笔尖沙沙地响，加上丁光迪先生低低地吟读声，常常是教研室里的交响曲。

我的读书笔记是按人物介绍、著作提要、主要学说、后世影响、学术评价等几个方面来做的，基本上是大段地摘抄书中的论述，然后用红笔在旁边进行提要批注。批注用的是蘸水钢笔，那笔尖不耐磨，几个月下来，写秃了十多个，当然，笔记稿本也高高一大摞

经常读书，也不是快事，而且中医的书看多了，感觉比较沉重，许多大名家的书并不是那么引人入胜。比如鼎鼎大名的李东垣的《脾胃论》，横竖就是升脾补阳，但临床疾病各种各样，哪能都从脾虚立论？其论说，也是说到哪里是哪里。比如"阴火"一说，读了半天就是弄不清楚是啥东西？我问丁光迪先生，先生说就是内热！内热，那不就是一个症状或症候群吗？但后人都将阴火当病机、当病因来探讨，结果各说各的，莫衷一是。比如朱丹溪，号称滋阴派开山，但看他的《丹溪心法》，里面用药以"气血痰郁"为主，也并非都用大补阴丸。就是讲养阴，也只是按理学思想，让人要节欲而已，是养生学的思想，非治疗学的观点。比如刘完素，人皆说是主火派，但看其书，也不是凡病皆用寒凉，只是在治疗温热病上，卓然成家。而一直让人感到眩目的赵献可、薛立斋等，其书也不免笼统浮泛，以一阴阳水火印定病机，过于死板。那时的我，开始怀疑中医，怀疑中医的名家，更怀疑教科书中医的观念。我觉得后世的中医往往犯一个错误，那就是将古人伟人化，把局部的经验扩大化，将医学经验哲理化。中医书籍不少，但重复者多，创新者少；空泛者多，实在者少。实证不足，推论有余，一家有一家的中医。你说你的，我说我的，中医各家学说，有点像各家瞎（苏北话：学与瞎同音）说。中医问题不少！那时的我，有点痛苦，有点失落，有点惆怅，特别是久别临床，感觉我已经不是医生了。

我非常怀念在家乡的日子。好在那时教研室王老师有个磁带录音机借我听，边读中医书，边听邓丽君，倒也能解不少烦闷。

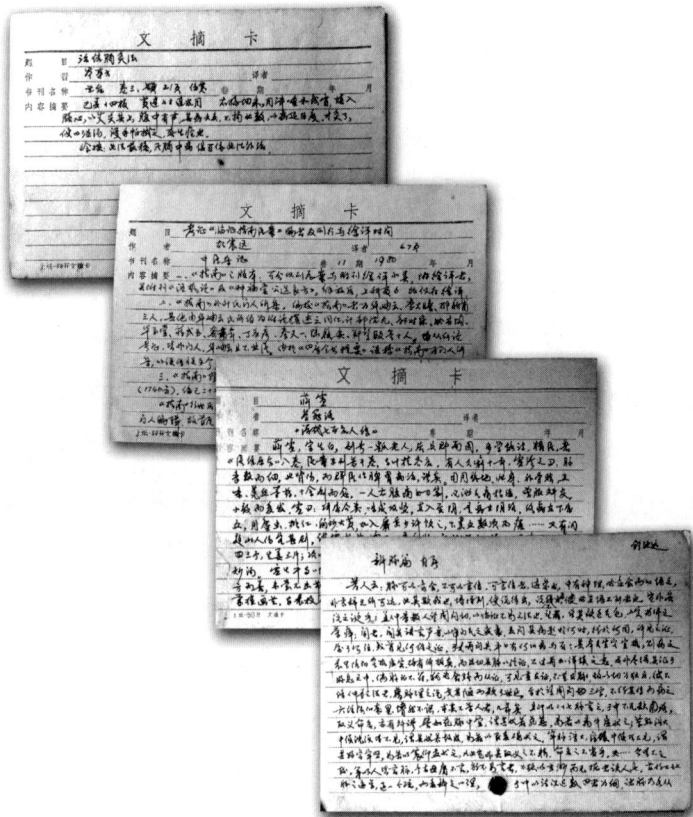

这是当年我摘抄的资料卡片

　　我开始对医学史感兴趣。那时，读的最多的是贾得道先生的《中国医学史略》、刘伯骥先生的《中国医学史》、谢利恒先生的《中国医学源流论》、陈邦贤先生的《中国医学史》等。读史学家书，能给人以思路，教我从历史学的角度去看中医各家学说，将各家的论述置于特定的历史时期和特定的地域环境去看，可以看出其学术的源流递进关系。特别是谢利恒先生的《中国医学源流论》让我眼前一亮。那是一本民国时期的铅印线装书，里面仿宋大字，看起来很舒适。此书论述了上古至近代数千年中医学的演进史，其中有《素问》《难经》《灵枢经》《神农本草经》《伤寒杂病论》《金匮要略》的考证，有对上古医派、隋唐医籍、宋明医方的考证，还有对五运六气说、唐宋学说之异、宋学之弊、伤寒温热之别等理论问题提出独到见解，尤其是谢先生对各家医学流派的分类和评价、对中医学分科源流的剖析和评价，更让我有一种远看中医、豁然开朗的感觉。

　　我决定从医学史切入中医。我选择了江苏地方医学史中的一颗明珠——孟河医派作为硕士研究生论文的题目。孟河，是常州郊外的一个小镇，北临长江，清代末年，这里名医众多，最有名的是费、马、丁、巢四家。费伯雄、马培之、丁甘仁、余听鸿、费绳甫、贺季衡、谢利恒诸位大家均出自孟河。这批孟河的医生，以精湛的医术，求实的思想，给晚清沉闷的中国医坛吹来了一股清风。孟河，也成为近代中医的摇篮。我来到孟河实地考察。那是1981年的初夏，蓝天、白云，田野里金黄色的麦子，江边蜿蜒的小山，我在熟悉孟河历史的巢益民医生的引导下，去走访名医的后裔门人，考察名医的故居遗迹，探寻名医发迹的土地，整个人感觉十分轻松而兴奋！那是一种书斋里找不到的感觉。

我的研究生答辩照。前排左起依次为孟景春教授、陈亦人教授、王乐匋教授、周仲瑛教授、张谷才教授，后排右为导师丁光迪教授，左为秘书王晓萍教授（摄于1982年6月）

思想的放飞与回归

20世纪80年代初的中国，改革开放的热潮涌动，到处洋溢着活力。中医界也开始探索振兴发展的道路，中医现代化成为当时中医发展的主旋律。但中医如何现代化？争论很多。好像当时普遍有这样的看法：现代化不能是西医化，中医学必须借助现代科学理论和技术来实现自身的发展。

1982年夏天，我研究生毕业，留校任教，讲《中医各家学说》课程。上了讲台，面对学生，我思考的角度发生了变化，开始考虑中医的未来，考虑自己的事业是否有前途？中医能否现代化？这些问题，虽然常常出现在脑海，但始终没有清晰的答案。那年深秋，南京出现了自发的非官方组织的中医多学科研究的学术活动，而组织者是一些高校教师、医生、科研人员。李枝老师，当时主持南京中医学院脉象研究课题，我听过他关于中医现代化研究的讲座，他演讲时常常激情四溢。邹伟俊，对《周易》的研究近乎痴迷，他曾与钱学森先生通信，并提出唯象中医学的概念。他为人低调，但做事执着而宽容，犹如布道者。李铁君，刚从北京中医研究院研究生班毕业，对中医学充满热情，发言讲话常振臂，很煽情。卢央，南京大学教授，专长古天文研究。林祖赓，能干的外科医生，中西医结合专家。杜文东，大学讲师，由中医而及心理学，才气过人。成建山，中医学会干部，热心人一个。我也加入进去，参与学术活动。

讲座是当时的主要活动形式，主讲者大多是各科的专家教授，听讲者多为大学生。那次，天文学者朱灿生来学校讲天文与中医，我是主持人。他讲座中让人振奋的是一个研究结果：他和他的研究生把本世纪月亮运行的百年数据规律描绘在坐标图中，得到两条互抱的旋臂曲线，竟然是太极图！这让中医人太激动了！全场爆发热烈的掌声。还有一次是请南京大学莫绍揆教授来讲数学与中医，阶梯教室全坐满了学生。老教授缓缓道来，讲的是阴阳与数学。卢央教授的讲座，谈到古老的五运六气学说原来与古天文有关，让我们感受到古人的聪明与智慧。我们还请了南京大学林德宏教授来做科技发展与中医学的报告，请了南京医学院医史学教授张慰丰先生来讲中西比较医学史等。讲座给当时的年轻学子以巨大的冲击，我也常常激动，脑中浮现的中医学是伟大的，同时又带有神秘感。中医学哪来的？我们在讨论中，有人说是特异功能者发现的，有人说是外星人留给人间的智慧。那时的我，有点飘飘然，眼前的中医虽摸不到，但在远处闪烁着光芒，很是诱人。

我们曾经组织了几次较大的学术活动。1983年春天，我们在盐城举办了大型讲座，江苏省著名中医徐景藩先生也去了，讲中医学的特色。我也被安排了一次讲座，讲中医学的临床流派。参加的人很多，都是基层的医生，听得很认真。那时的中医，饥肠辘辘，吃啥都香！还有一次是在南京召开了全国的中医多学科研究学术讨论会，地点是江苏饭店，主题是天人相应，因为只有这个题目能涵盖所有的内容。所以，会议内容十分庞杂，《周易》、运气、哲学、医学、史学、心理学、养生、气功，等等，什么都有。全国各地来了很多代表。会议搞得像模像样，还开了新闻发布会，我只觉得像是参加了一场革命运动似的，有点使命感。

那个时代，思想大解放，学科大发展，中医学的新名词如雨后春笋，如中医预防学、病因病机学、中医治疗治则学、中医人才学、中医心理学、中医气象学、系统中医学、中医分子生物学、中医哲学，等等，让人眼花缭乱。南京中医学院也在全校范围内开展中医基础学科分化方案的评选，我也参加了，并获小奖。但是，那时我的心里还是有点虚的，因为那些"划分"出来的新学科，都离临床比较远。那时的我，总觉得所感知的中医世界，正在发生漂移，与我当年的感觉不一样了，中医变得高大深远，变得有点陌生。对此，我常常有莫名的困惑和烦躁。

　　我决定还是回归史学的研究方法。我将中医学作为一种历史现象，开始归纳百年来中医学发展的思想轨迹。我发现，对中医学前途的思考，其实从清初就已经开始了。清代医学家徐灵胎等就已经看出医学蜕变的危机，并发出过振兴医学的呼声。清末民初，中医界不少有识之士也主张吸取西方医学之长，所谓中医汇通，如唐容川、张锡纯诸家便是代表者。"五四运动"以后，中西文化的论争将中医推到风口浪尖上，中医生存危机爆发。于是，近百年来，围绕中医学的发展问题，各家见仁见智。其中有恽铁樵的改良中医论，有陆渊雷的中医科学化论。新中国成立以后，有毛泽东的中西医结合论；改革开放以后，又产生了中医现代化论、中医特色论、优势论以及中医多学科研究论等。这些都是在不同历史时期，各家从各自的角度对中医发展提出的建设性的意见。1987年12月，《医学与哲学》杂志，这家当年十分权威的医学哲学理论刊物刊登了我的文章《近百年来中医学的发展理论》。我对当时中医多学科研究思潮的评价是：多学科研究论考虑到了中医学的自身特点的延续性以及现代科学发展的大趋势，立论具有新意，故在衡阳会议后提出，即引起中医界的关注。从

20世纪80年代末以来多学科研究情况看，控制论、系统论、信息论、耗散结构理论、心理学、时间生物学等对中医学研究有可能互通有无，但由于中医理论存在着笼统性和不确定性，多学科研究在阐明部分中医理论中蕴涵的现代科学思想以后，便举步维艰，难以有突破性的发展，更难以形成指导临床实践的应用理论。这是否应将多学科研究的方向从理论转向临床？抑或古代自然观与现代自然观之间的差距无法缩小？这是值得认真思考的问题。这确实是我当时的思考。经过一段时间的思想闯荡以后，我开始清醒了，我觉得我的精力还是要放在实实在在的中医学本体的研究上。我的思想开始回归，如放飞的风筝慢慢回到本土，回到属于中医的土地。我开始编写两本书，一本是《医案助读》，一本是《中医临床传统流派》。

　　《医案助读》是一本辅导学生阅读医案的著作。医案的阅读与研究，是中医传统的学习与研究方式。我当年也是从医案开始涉入中医之路的。当学校中医专业80年级的学生们要我开讲座谈谈如何读医案时，我欣然答应。面对他们，我如数家珍地将自己读医案、整理医案、研究医案的经验告诉了他们。讲座非常吸引他们，因为这是中医传统的内容，而且教科书里没有。正好那时学校希望教师开选修课，于是，我决定编写一本医案的辅导书。那时，我还住在筒子楼里面，14平米的房间，写字桌紧靠窗口，人就坐在床沿，桌上床上堆满了书……这本书写得很轻松，因为资料是现成的，经验是现成的。书稿出来后，学校自印了不少，作为选修课教材。捧着散发着油墨香的《医案助读》，我感到特别踏实和愉快，因为这是我写的第一本书！后来，《医案助读》由中国医药科技出版社出版，当年发行量就达12000册。

我开始编写两本书，一本是《医案助读》……书稿出来后，学校自印了不少，作为选修课教材。捧着散发着油墨香的《医案助读》，我感到特别踏实和愉快，因为这是我写的第一本书！后来，这本书由中国医药科技出版社出版，当年发行量就达12000册（1988）

　　《中医临床传统流派》是在研究生读书笔记的基础上形成的一本著作。在执教《中医各家学说》中，为使教学内容趋于条理化和系统化，并更切近中医临床，我尝试对宋元以后中医的各家学说进行比较分类。1984年，我写成了《中医临床传统流派选介》的小册子，作为研究生班及一些进修班上的讲座资料。后来，我继续收集这方面的资料，并进行比较研究。在中医各家学说是否要分类研究上，国内专家教授的看法并不统一。北京任应秋先生主张讲学派，上海裘沛然先生及南京丁光迪先生反对讲学派，主张按单个医家讲。我的讲法，则与他们的意见均不同，这种分类完全是我的一家之言，确实有点初生牛犊不怕虎的味道。我在教学实践中感到，面对历史上众多的名医及其学说，若不作比较分类，不寻找其中的联系及差异，就不能正确认识和评价各家学说，也影响了各家学说及经验的推广利用。所以，我决定还是顶着压力编写这本书。此书介绍了历史上研究探讨外感热病的诊疗规律所形成的通俗伤寒派、经典伤寒派、温疫派、温热派、伏气温热派；介绍了研究探讨内科杂病的诊疗规律所形成的易水内伤派、丹溪杂病派、辨证伤寒派、经典杂病派；还有外科以陈实功《外科正宗》为代表的正宗派、以王洪绪《外科证治全生集》为代表的全生派，以及以高锦庭《疡科心得集》为代表的心得派。此外，还介绍了民间医学派，以及日本汉方和韩医。1989年，我将这本书稿交给了中国医药科技出版社，两年后终于出版。随后，日本《中医临床》杂志连载。再后来，我又增加了一些图片，由日本东洋学术出版社出版，改名为《中医传统流派系谱》。不过，这已经是2000年的事情了。

《中医临床传统流派》是在研究生读书笔记的基础上形成的……1989年我将这本书稿交给了中国医药科技出版社，两年后终于出版

教学相长

南京中医学院坐落在汉中门，校园面积不大，但很紧凑。学校后面的乌龙潭，是当年颜真卿在南京当刺史时的放生池。乌龙潭旁，还有清代著名思想家魏源的故居。学校原来仅有少量平房，50年代建校以来，经多年建设，建起了图书馆、教学行政综合楼、学生宿舍，又将后面的土山移走，建起了像样的体育场。80年代以后，学校建起了现代化的教学楼，办学条件大大改善。白天上课时，校园非常静谧；下课了，又人流滚滚，欢声笑语。下午，教学楼前的草坪上、李时珍的石雕像前，三三两两的学生在读书。特别是晚上的校园，教学大楼灯火通明，图书馆阅览室座无虚席……那时的校园，是让人产生读书冲动的地方。

我主讲的课程是《中医各家学说》，外行常常弄不懂这是一门什么课程，曾有人写信给我，叫"国家学说"，还有叫"各界学说"。这门课，是讲述历代名医的学术思想以及临床经验的课程，是帮助学生读书的课程。授课对象是中医专业的高年级学生。四年级甚至是毕业实习回来的学生，已经有了临床，对教学内容是挑剔的，我们讲课有难度，照本宣科式地讲解，学生的头是埋起来的。我开始摸索当教师的经验。我发现，学生们爱听案例。当我回忆起当年治疗的一些病例时，讲起家乡老中医们治疗疑难病验案时，学生们常常凝神静听，眼神中透露出好奇、专注和钦佩，这时的我，讲得也来劲。我还发现，讲各家学说要讲各家的治学经历。名医的趣事轶闻，名医治学为人的事迹，容易吸引学生的注意力。历代名医中，叶天士、徐灵胎、舒驰远、范文虎、余听鸿、曹颖甫医家的趣闻最有讲头，他们个性张扬，有活力，常常引来笑声一片。这些名医本身就是教材，就是教学生治学为医的范本，我也常常被感动。我还发现，上课时教师的气势很要紧，有时要像说书，如惊堂木在手，将听众的情绪调上调下。有时则要如朗诵，让人感受到语言的美。记得我第一次上讲台，对象是1978年级的学生，那天讲清代名医叶天士。阶梯大教室，两个班级的大课，进入教室，人声喧哗。我上台后开口就说，不紧不慢，不讲客套，直奔主题，就像演讲一般："在中医的历史上，有许多的名医。有的是医学理论家，如张景岳；有的是医学普及家，如陈修园；但更多的是临床家，如清代名医叶天士就是一位具有传奇色彩的临床高手。今天……"顿时，全场无声，静听我的讲课了。

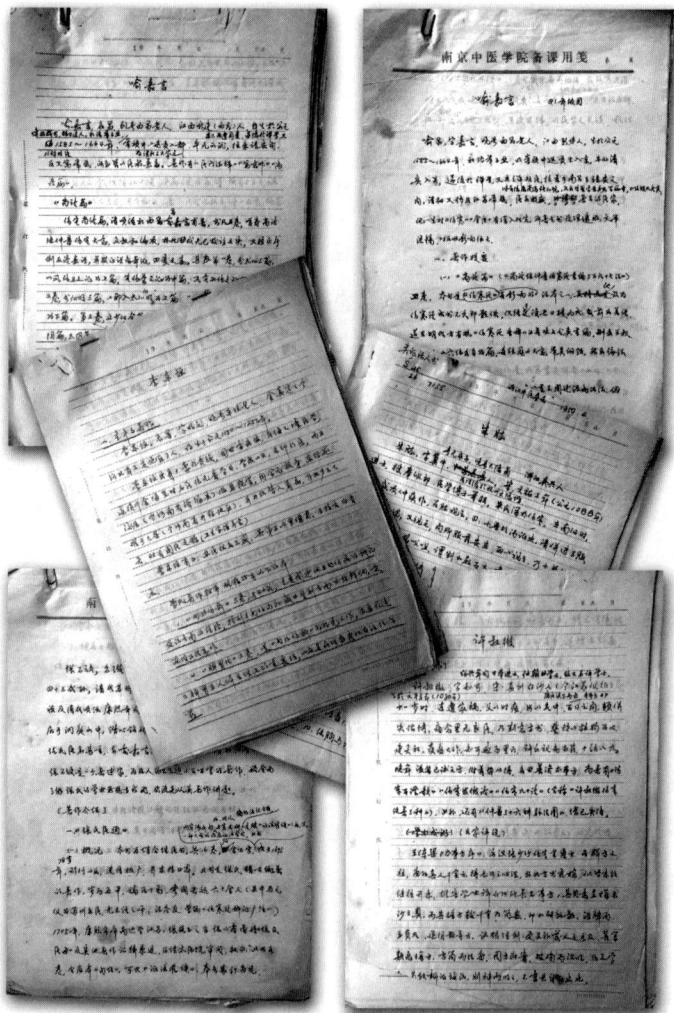

我还发现，讲各家学说，要讲各家的治学经历。名医的趣事轶闻，名医治学为人的事迹，容易吸引学生的注意力（图为我当年的备课笔记）

讲《中医各家学说》很难，内容杂不说，更主要的是有些内容说不清。其中我讲得最吃力的，就是那些所谓的学说，如张元素的《脏腑标本寒热虚实用药式》，刘河间的"六气皆从火化说"，李东垣的"脾胃元气论"，朱丹溪的"阳常有余、阴常不足论"，赵献可的"命门水火论"，张景岳的"真阴真阳论"等。这些学说，绕来绕去，本身头绪不清，按教学大纲又必须讲清楚，这对教师、对学生都是难题。说实话，这些东西，不过是古人临床经验的发挥或提升，至多是假说而已，尤其有特定的条件范围，大可不必将其作为理论看、当作指导临床的原则看。我有点厌恶当时的教科书，因为教科书大多依样画葫芦，原文一引便了，缺少用历史唯物主义观点的分析和评价。我坚持认为，各家有所长，必有所短。所以，我讲各家学说，总要对医家发议论，以表明我的学术态度。当然，要告诉学生，这不必记，不考。那个时候，我真想改教材，但没有办法。我动不了，手脚被捆绑着，很郁闷，很无奈。这就是我当时的感觉。

很快，我找到一块自由自在的芳草园，那就是学生课余的指导，时称"第二课堂"。1984年，我组织了各家学说兴趣小组，十余名成员都是中医80年级的学生。活动的主题是收集名医名言，我列书单，学生分头去找，摘录那些言简意赅，并对治学、临床有指导意义的医学谚语、警句等。牵头的同学叫黄伟，常熟人，浓眉大眼，英俊小生，悟性高，字更漂亮，组织能力强。有他，我顺手很多。小组中都是聪明能干的年轻人：查德忠，常熟人，灵活好学；尤建良，无锡人，好学肯干；吕慰秋，扬州美女，字也秀气，赵鸣芳，稳重老成；陈仁寿，踏实温和；高想，不多言；刘宏波，热情；邹海燕、方平、孔薇等几位女生都是聪明伶俐。一本名为《医家珍言》的小册子很快就编成了，学校内部印刷。我很高兴，同学们一定更高兴。我还根据学生的要求，为他们开讲座。讲座多在晚上，内容大多是教科书上没有的或涉及不深的，比如如何读医案，如何写作中医论文等。这些内容，学生欢迎，我讲得也轻松。1984年，南京中医学院大学生科协成立，我被聘为顾问。从此，我就经常参与大学生科协的活动，为大学生开设讲座，参与他们的活动策划，参加他们组织的义诊和社会实践等。和他们在一起，可以感受到年轻人炽热的激情，也可以为学术的自由发展提供空间。我学术的发展，经方医学思想的确立，均与大学生的第二课堂有关，与大学生科协有关。许多学术性强的讲座，大多在20世纪90年代以后，容后再述。

当教师，就是面对学生。其中，我对具有个性的学生最感兴趣，印象也深。中医77年级中有位叫冯松杰的同学，善思好辩，有次上课时与主讲老师辩论起来。他清瘦白净，操一口无锡方言味很浓的普通话，讲话时头身前倾，眼神专注，用手指划，如入无人之境。他提出的观点很独特，比如说《神农本草经》中提到"鬼"，不是迷信，是记录了患者的幻觉，是脑病。很有道理。他对民间单方验方感兴趣，曾试着用生萝卜汁滴鼻治疗头痛，也是独到。年轻人都喜欢现代的东西，但79年级中有个对版本目录学很感兴趣的同学，叫徐光丕，常熟人。他的字很好，老练质朴，写的文章也文乎文乎，与年龄似不切合。他常来我宿舍聊天，将他爱读的《文史知识》杂志借我看。我的《医案助读》的书名，就是他建议的。82年级的许志泉同学，兴化人，爱好哲学，喜欢思考。他对中医发展问题有见地，我是在一次午后教室里和他闲聊时发现的。后来他就中医名词术语规范化问题做了研究。他统计了中医、现代医学以及《辞海》中语词分册名词术语的多义率，发现中医名词术语的多义率与语词分册的多义率接近，而现代医学的多义率则极低，提示中医理论尚属于自然语言的范畴。一个本科学生，能有如此见解，确实不容易。话说回来，那个时代，能考上大学的，都是聪明好学的，都是好料，是人才胚子。现在我外出讲学开会，常常遇到当年的学生，大多是医院的主任、院长，或学校的教授、博导什么的，有的还是地方官员、政协委员、人大代表等。前不久，我到扬州参加省政协调研，安排活动的秘书长、当地农工民主党的副主委，均是我当年教过课的学生，让我好高兴。

　　我之所以为教师，是因为我有学生。教师的存在，是以学生为前提的，没有他们，就没有我们。我教他们，其实，也充实了我自己。古人说得好，教学相长。我和学生在一起，能感受到时代的气息，了解他们的爱好和兴趣，关心他们需求和期望，这是做好教师的关键，也是我研究中医的方向和动力。多年来，我写书，是为他们写的；我讲课，是为他们讲的。他们听得懂，用得上，是我最大的满足。

讲《中医各家学说》很难，内容杂不说，更主要的是有些内容说不清。其中我讲得最吃力的，就是那些所谓的学说……（图为我在中医各家学说教研室任讲师时自编的讲义。摄于1983）

进藏后的思考

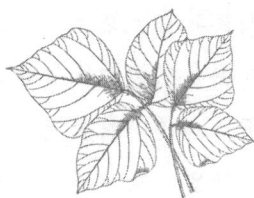

1986年是忙碌的一年。我被抽调出去搞中医专业分化的调研，这是国家教委的任务，我的任务是就新设中医养生康复专业做社会调查。上北京，跑上海，去无锡、苏州、成都、哈尔滨等地，开座谈会，走访专家，忙得很开心。9月初，又接到国家教委的一项任务，要我进藏为藏医专业撰写一份文件。这是让我心跳的任务，我能到那神秘的西藏了！

飞机从成都双流机场起飞时，天空还是细雨蒙蒙，不久，窗外就是蓝天一片，阳光特别耀眼，底下是蜿蜒不断的皑皑雪山。两个小时不到，飞机降落贡嘎机场。吉普车接着我们疾驰在公路上，西藏的山寸草不生，全是青森森的石头，倒是路边的雅鲁藏布江宁静，宛如连接天边的玉带，夕阳下，还闪着金光。西藏的阳光很好，天空湛蓝湛蓝，入夜仰望，星斗满天。高原空气稀薄，当天晚上就乱梦纷纭，心跳加速，明显缺氧了。不过，第三天情况就好转。

在拉萨的日子里是充满激情的。酥油茶，青稞酒，清水羊肉，祝酒歌，踢踏舞，八角街，大昭寺，罗布林卡，布达拉宫；还有八角街上摇着经筒的藏民，布达拉宫旁五体投地的信徒，大昭寺摇弋飘忽的酥油灯，色彩艳丽的唐卡，给我的都是异域风情的刺激。不过最让我激动并带来沉思的，是藏医悠久的历史和独特的理论与实践。

在拉萨的日子里是充满激情的……给我的都是异域风情的刺激。不过最让我激动并带来沉思的，是藏医悠久的历史和独特的理论与实践（1986 年摄于布达拉宫）

公元7世纪，松赞干布统一青藏高原，建立起强盛的吐蕃王朝。大唐文成公主入藏带去了大量的医学著作和医生。同时，藏王还请了印度、尼泊尔医生入藏，结合高原古老的医学，编辑整理了大量的医学经典著作。公元8世纪末，藏区名医宇陀·宁玛元丹贡布著成了藏医学的奠基之作《四部医典》。藏医理论与中医理论不同，他们认为人体内存在三大因素，即龙、赤巴、培根，以及七大物质和三种排泄物。"龙"是推动人体生命机能的动力，与生命活动的一切机能密切相关；"赤巴"具有火热的性质，主脏腑机能活动；"培根"具有水和土的性质，与人体内津液、黏液及水液密切相关。七大物质基础，即饮食精微、血、肉、脂肪、骨、骨髓、精；三种排泄物，即小便、大便、汗。三大因素支配着七大物质基础和三种排泄物的运动变化。

藏医对人体的认识很让人惊奇。他们发现，人体有360块骨头，其中脊椎骨28块，肋骨24块，牙齿32颗，四肢大关节有12个，小关节有210处，韧带16处，头发有21000根，汗毛孔有1100万。人体内的器官，藏医也有五脏六腑。五脏指心脏、肝脏、脾脏、肺脏和肾脏，六腑指大肠、小肠、胃、膀胱、胆和三姆休。藏医还发现，胎儿从形成到成熟分娩，需要38周的时间，264天，并把胎儿发育的全部过程分为三期，即鱼期、龟期和猪期。胎儿发育时，胚胎形成长条形，因此称鱼期；胎儿长出四肢体形，并分出头部，因此称龟期；胎儿从龟期进一步发育，除了四肢和头部外，还逐渐凸起所有器官，并能从母体中吸取混食，因此称猪期。藏医胚胎学中的鱼期、龟期和猪期的划分，不仅形象地描述了胎儿发育的全过程，而且是与脊椎动物的鱼纲、爬行纲、哺乳动物纲而后人类的进化顺序相一致的。

藏医以望诊（尿诊）、切诊（脉诊）、问诊为主，其治疗方法丰富多彩，有药物疗法、放血疗法、艾灸疗法、催吐法、按摩、推拿、药浴疗法等多种方法。其中放血疗法和药浴疗法颇具特色。

面对和中医学不同的藏医学，我好奇，我兴奋，我激动，我也思索。

进藏后思考的收获之一，是发现中医理论其实还不是真理。比如经络学说，中医发现有十二经脉再加奇经八脉，循环无端，但同样是传统医学的藏医，却没有发

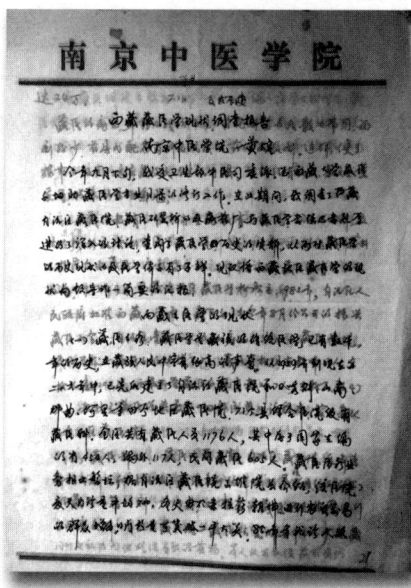

面对和中医学不同的藏医学，我好奇，我兴奋，我激动，我也思索（图为我考察西藏藏医的报告手稿）

现经络，而只是发现了类似神经系统和血管系统的白脉与

黑脉！是汉族人太敏感，还是因为十二经脉经过了后人刻意地美化和加工？中医的理论体系很完整，许多中药均在其指导下使用，性味、归经头头是道；藏医也用天然药物，其中有许多与中药相同，如大黄，如黄连，如麻黄。其主治也与中药基本相同，如大黄攻积，黄连止痢，麻黄平喘利水等，但所用的理论却与中医截然不同。中医讲"元气"，讲"阴阳水火"，而藏医讲"龙""赤巴""培根"，两者都是传统医学，从理论的层面较量，何者对，何者错？何者优，何者劣？显然不能轻易定论。

进藏后思考的收获之二，是懂得了传统医学就是一种文化，是各民族的生活经验和生活方式。中医强调天人合一，强调阴阳平衡，强调适寒温，主张补不足泻有余，喝姜汤，吃大黄，针灸、刮痧、拔火罐，冬病夏治，冬令进补，以脏补脏，等等，其实就是汉族人传统的生活经验和生活方式。传统医学中，宗教的成分也很多。藏医与藏传佛教关系密切，藏医都是喇嘛。中医与道教儒学关系密切，汉代医家多是方士。《神农本草经》以三品分类，其中轻身、延年、不老等黄老之学的内容到处可见。宋代以后，理学浸入，学医多儒生。藏医是喇嘛医，中医是儒医。冬虫夏草，是藏人心目中的神草；灵芝、人参，则是汉人心目中的神草。

与拉萨市中医院强巴赤列院长合影（1986）

我开始对民族医学感兴趣。那时，我有一种冲动，希望到我国的边陲区域考察民族医学。青藏高原上的藏医，新疆天山脚下的维医，内蒙古大草原上的蒙医，大兴安岭深处鄂伦春人的土医，延边的朝医，云南西双版纳热带丛林的傣医，凉山地区的彝医、苗医，广西壮族自治区的壮医，还有汉族民间的各种民间疗法，我都想要去走一走，用文字、用图片、用声像，将各民族在治病防病、在养生保健上的各种经验和方式记录下来，然后整理成书，编辑成画册，送给"联合国世界卫生组织传统医学合作中心"！

我还想在学校开设《中国传统医学概论》的课程，让中医院校的学生了解传统医学的历史、种类、特征，以及传统医学工作的特性和法律政策，还有传统医学理论与临床的规律。我说，不了解民族医学，不了解传统医学，就不能了解中医学，更谈不上发展中医学！当时，我还非常渴望有机会和电视台合作拍摄《中国传统医学》的电视记录片。那个时候，中央电视台正在播出电视记录片《话说长江》，其丰富的内容、深刻的思想，加上主持人陈铎先生浑厚的解说，吸引了很多观众。我看了后很高兴。我说，如果说《话说长江》是从地域的角度去阐释讲解中华民族的传统文化，那我这个电视片将以民族医学为视点，记录下中华民族传统文化发展的轨迹和特色。我说，在现代文明日益强盛，而传统文化日益萎缩的今天，我们这项工作很紧迫，也很有必要，对子孙后代将有一个交代，对人类文明的传承也有贡献。这个想法，我向学校领导说过，向北京的领导也说过，但由于我的无能，由于我人微，更是由于时机不到，没有机遇的垂青，想法最后还是想法。最终，我的这种想法在时光中慢慢褪色，考察的冲动归于消失。

我与中医学会

学医以后，参加学会活动就成为我的快事。"文革"中，江苏省中医学会瘫痪，但苏州地区的中医活动还在进行。那个时候，每个县有中医协作组，轮流举办活动。会议地点多为县政府的招待所，会议程序也远比现在的会议简约，没有冗长的开幕式，也没有多少领导讲话。交流的内容多是临床经验。那个时候，中草药经验介绍很多，如用天冬治疗乳腺肿块、天名精内服治疗丹毒、槐花治疗高血压、蜀羊泉治疗宫颈癌、徐长卿根研粉口服治疗胃痛、白芥子与细辛等分研末外敷肺门、针刺膏肓穴治疗咳喘、季德胜蛇药和蚯蚓捣烂外敷治疗带状疱疹、蟾蜍去皮煮食治疗肝硬化腹水、牛蒡子浸酒治疗神经性头痛，以及土大黄、番白草、地骨皮治疗血小板减少，等等。这些经验，我都没有试用过。

那时的学术活动也有理论探讨。记得苏州地区的中医曾集中探讨过三焦实质，还探讨过脾胃实质。"三焦"是什么东西？有人说是淋巴系统，有人说是胸腹腔等，也有人说三焦有名而无形。脾的实质是什么？有认为脾就是现代医学的胰脏，苏州吴怀棠先生有篇《脾胰考》的文章，写的很有深度。我那时很崇拜这些写文章的老先生，不过，只觉得这些探讨很艰涩。我也曾写过一些理论探讨性文章，如《气火探讨》《流气化湿法探讨》《叶天士养胃阴法》等，其实只是老中医经验的总结或医案的归纳而已。

那时的开会，大多是老中医发言。他们很愿意讲话，我最爱听。时至今日，当年会议的场景、老前辈的印象，依稀如在眼前。

印象最深的是吴怀棠先生。他是苏州第四人民医院中医科主任，皮肤白净，个头修长，戴一副金丝眼镜，一口吴侬软语，十分儒雅。他好经方。有次讨论肝炎治疗，大家都说用草药田基黄、虎杖等谈兴正浓时，吴老却高声插言：治疗黄疸肝炎，前人已有成熟经验，茵陈蒿汤就是良方，如此好方，竟然搁置不用，不可思议！一时，发言者语塞。

马云翔先生，吴江老中医，当时60多岁，清瘦，头发花白。他曾在军队供职，退休回地方以后依然穿一身黄军装，下着解放鞋。他身板很硬朗，常年用冷水擦浴，有次会议上他详细介绍了养生保健经验。他很健谈，不保守，介绍用马钱子治疗腰腿痛，用附子退热，用大柴胡汤治疗胆结石等病的经验。

金储之先生，吴江平望老中医，人瘦高，不苟言笑。他介绍比较多的是治疗血液病的经验。黄寿康先生，苏州中医外科专家，笑容可掬，曾介绍治疗一个乳腺炎患者，发热恶寒疼痛，用阿司匹林一汗而愈。他说，这就是解表法在外科上的应用。还有一位苏州市中医院的杨先生，他的名字忘了，只记得他个子不高，全口假牙，健谈，一口苏州白话。他是中医内科，介绍肠伤寒用大黄的经验印象深刻。他说，对肠伤寒，西医是绝对禁用下法的，但中医却不忌大黄，其用量、时机、炮制和配伍都是关键。

高质量的学术活动，要推1976年12月底在常熟举行的苏州地区中医学术经验交流会。粉碎"四人帮"以后，举国上下群情欢腾，中医界也一样。那次活动，参加人数达200人，全省各大中医教学、科研、临床机构均有代表，所以，这次会议应是江苏省中医界"文革"后的第一次盛会。那时，屋外飘雪，会场上暖意融融，4天会议，许多名医介绍经验。如如皋的黄星楼先生介绍治疗放射性肠炎的体会；南通的汤承祖先生介绍了中医对发热的认识，从自汗讲到战汗，引人入胜。常熟的李葆华主任介绍陶君仁先生的经验，也很有启发。陶老是常熟名医，雅号"陶半仙"，他用药多学张锡纯，如用生芍药、生甘草、生麦芽，名柔肝饮，治疗胃痛、肝病。当时，会上发了油印的《陶君仁医案》，其中有用小建中汤治疗手术后发热不退，是甘温除大热，我印象也很深。这次大会上，我见到了著名中医——南通的朱良春先生、南京的傅宗翰先生及南京中医学院的丁光迪先生、孟澍江先生、顾荣复老师，《江苏医药》的张慰丰老师、江苏省卫生厅中医处的张锦清老师等。我是那次会议上年龄最小的代表。我在会上介绍了学习中医的体会，不外是多记、多问、多写、多动脑等。最近我整理旧物，竟然翻出了当年的出席人员名簿。其中的许多老中医已经不在人世了，而我这位当年最年轻的代表也已两鬓花白。人生苦短，不禁感慨万分。

高质量的学术活动，要推 1976 年 12 月底在常熟举行的苏州地区中医学术经验交流会……最近我整理旧物，竟然翻出了当年出席人员名簿。其中的许多老中医已经不在人世了，而我这位当年最年轻的代表也已两鬓花白。人生苦短，不禁感慨万分

　　20世纪80年代以后，江苏省中医学会恢复正常活动。学会的办公地点，就在南京中医学院校园的东侧，是座小洋楼，据说是当年国民党将军的私宅。楼下的大厅，常常是我们开会的地方。楼上，是学会的几个办公室，《江苏中医》杂志编辑部也在上面。我常去小洋楼，去编辑部，或参加一些学术活动。那个时候，我主要参加仲景学说组以及医史组的活动。

　　仲景学说组的牵头人是沙星垣先生。沙先生是一位热心仲景学说的老人。他是南京军区总院的中医科主任，学医于苏州，后来还在省中医院工作过。沙老人干练，思路开阔，对《伤寒论》非常推崇，临床用瓜蒌薤白桂枝汤治疗冠心病、用白虎汤治疗糖尿病等，都很有特色。晚年的他，曾有一个庞大的《伤寒论》研究推广计划，从基础理论到各科临床，很全面，但实现起来，当然也很困难。80年代中期，我曾和同校金匮教研室的张贤媛老师等去过他家多次。1984年，江苏省中医学会仲景学说专业委员会成立大会在扬州召开，为了这次会议，沙老抱病前来。开幕式那天早晨拍集体照时，迟迟不见沙老，原来是老先生体弱，久坐而大便不下，待他缓缓走来时，脸色还是惨白的。

　　医史组20世纪90年代初开始成立，是学会中规模比较小的组，但人气很旺。当时牵头的有南京中医学院的陈道谨老师。陈老师个高，热情开朗，善于与人交往。他很早就撰文介绍孟河医家，主持医史组活动后，仍然抓江苏名医的研究，曾就徐灵胎、蒋宝素、吴鞠通等开过研讨会，质量均非常高。学术秘书是《江苏中医》编辑部的顾泳源编辑。他来自常熟，熟悉苏南地方掌故、医学史上的趣闻轶事，且谈锋甚健。听他用常熟方言讲故事，特别有味道。他文笔佳，经他修改的文章精练。所以，医史组的学术资料，编辑得如杂志一样。俞志高，苏州人，原是政府机关干部，但酷爱中医，尤其钟情于苏州地方医学史研究，后来改行行医，是医史组的骨干。他编写的《吴中名医录》《吴中秘方录》《吴中十大名医》等著作，是研究吴门医派的重要参考资料。

90年代后期，我主持医史组的活动，改为医史文献委员会。参加活动的人数多了，有不少是省名老中医。

王益谦先生，中等身材，微胖，经常微笑，一脸慈祥。王老擅长儿科，在南通海安一带医名甚重。他的号召力很强。90年代中期，我搞名中医学术经验调查，王老一呼，海安四位名中医二话不说，接受问卷调查。王老博闻强识，了解医史界的逸闻趣事很多。1997年5月，王老来南京参加医史文献专业委员会会议，席间聊得很开心。我们聊起了章次公先生，还聊起陆渊雷先生和当年中医界的那

场存废之争。现在我的书橱里，还有老人送我的那本发黄
了的《灵素商兑》一书。先生专长儿科，兼通内妇科，外
号"小儿王"。先生临床擅长使用白芍、麻黄、全蝎等药物，
应用柴胡桂枝汤、景岳化肝煎也很有心得。如白芍配伍甘
草、全蝎、天麻、蜈蚣治疗小儿眨眼症，用麻黄、全蝎配
僵蚕、天竺黄、葶苈子等治疗小儿痉咳，都是既恪守传统，
又有新意。王益谦先生身体一直很好。2008年12月，我去
海安参加一个科研项目鉴定会时，年逾九十的他还是腰板
硬朗，精神矍铄，但让我没有想到的是，竟然就此诀别！
2年后先生不幸因病去世。

常熟江一平先生，面方眼大，头发后梳，一丝不苟，
为人率真，快人快语。他长于针灸，并热衷于地方医学史
的研究。退休以后，依然笔耕不辍，主编的《太湖地区名
中医经验集粹》以及《古医籍图书抉微》，都洋洋数十万
言，费尽心血。江一平先生写信甚勤，蝇头小楷，密密麻
麻。他知道我主持南京中医药大学医史博物馆的建设，遂
捐赠了余听鸿先生监制的紫砂茶壶、陈存仁先生的手书条
幅等珍贵文物，至今我心存感激。

那时，经常参加学术活动的还有镇江的沙一鸥、丹阳
的贺玥等。沙老先生是镇江"大港沙派"第十代传人，沙
家原以外科名世，但沙一鸥先生则擅长治疗血吸虫病以及

内科疑难杂症。他多次被评为省、市、县级先进工作者及劳动模范。1958年曾出席全国农业卫生先进工作者代表大会，受到毛泽东等中央领导的接见。贺玥女士是贺季衡先生的后裔，自幼耳濡目染，医术精湛。贺季衡是孟河名医马培之的弟子，20世纪40年代名震沪宁线。为弘扬贺季衡先生的学术，2004年5月29日，学会在丹阳召开了"丹阳贺氏医学流派学术研讨会"，南京的许济群、张继泽、单兆伟等教授来了，上海的颜德馨、张云鹏教授也来了，可谓是孟河医派后人的一次盛会。

做学问需要集思广益，需要开阔视野，所以前人有游学的传统，当年叶天士先生也有拜十七师的佳话。学术活动，好比是一大舞台，让我们欣赏各位中医高手的精湛医技，当面感受前辈的精气神，让人激动，无比开心。参加学术活动好比给你在烦闷的时候打开了一扇窗，开开眼，透透气，你的精神就焕发了。

与江苏省名中医王益谦先生合影（1999 年 5 月摄于南京中医药大学医史博物馆）

学报编辑部的故事

1986年秋天，我调任《南京中医学院学报》编辑部任主任。这意味着我在主讲《中医各家学说》以外，还负责一本杂志的编辑工作。远离教研室疙疙瘩瘩的琐事束缚，在一个可以独立伸展学术思想的空间工作，那是一件让我庆幸的人事变动。

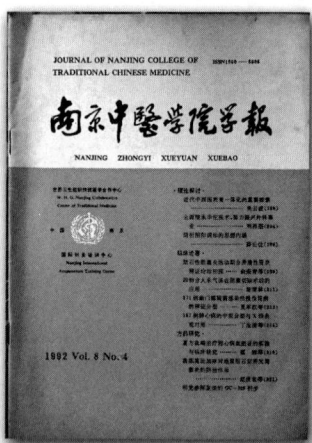

我到任后，干了几件事情……三是重新设计杂志封面。特别是将世界卫生组织的标志置于封面。这个徽标很美，是由一条蛇盘绕着权杖所覆盖的联合国标志。南京中医学院是世界卫生组织指定的传统医学合作中心之一，这可是学校的光彩（图为我设计的《南京中医学院学报》封面）

《南京中医学院学报》原是一本内部学术刊物，主要是汇集教师、科研人员的科研资料，自编、自印、自发行。我到任后，干了几件事情。一是改为邮局发行，目的是让市场检验，扩大学校影响。二是改由校外印刷厂印刷，学校印刷厂的服务质量和印刷质量是无法过公开发行这一关的。三是重新设计杂志封面，特别是将世界卫生组织的标志置于封面。这个徽标很美，是由一条蛇盘绕的权杖所覆盖的联合国标志，南京中医学院是世界卫生组织指定的传统医学合作中心之一，这可是学校的光彩。四是调整学报栏目，增设专题笔会、理论研究、临床报道、经验交流等栏目，发表有关中医发展思想、学科发展思路的文章，加大学报中来自临床第一线的内容。我的想法，就是希望开门办学报，不要孤芳自赏；希望中医科研和教学要紧贴临床；希望学报要有思想性，中医高校理应为中医学术发展起到引导的作用。

在编辑部的工作是紧张的，也是细致的。从组稿到编辑，从印刷到发行，都要一一过问；一个标点符号，一段引文，都要核对查找，特别是校对工作，常常是看了又看，唯恐出错。那时候，我经常下印刷厂，在排版车间边改边校对是常有的事。我和排版工人交朋友，一起搬沉重的铅板，一起去小餐馆吃大碗皮肚面。有时要工作到上灯时分，才坐公交车从郊区颠回来。那时候工作紧张，但我很愉快，特别是散发着油墨香的期刊送来编辑部的时候，一种成就感油然而生。

编辑部办公地点在学校行政楼的一楼，朝南。窗前是几棵高大的冬青树，每到深秋，树上结满了紫色的果实，引来几只灰雀，啄得满地都是黑色的果汁。窗外还有一丛紫荆花，一到春天，花呈团状，粉红、深红，枝条上还有嫩绿的新芽。我到编辑部工作后，很多人替我惋惜。编辑部是为他人作嫁衣的地方，离开了教研室，许多名誉就与你无缘了。那年，评选霍英东优秀青年教师奖，我连申报资格都没有，理由很简单：你在编辑部。我有过不满，但后来我也心定了，因为编辑部的小天地，空气是清新的。

我每天的工作是审阅作者来稿。稿子几乎都是手写的，绝大部分有复写，稿子反面都有深深的蓝色印痕。在计算机未普及的时代，写一篇文章是很费力的，要发表一篇文章也不容易。编辑是第一个读者，我的选择标准是看内容是否符合科学原理和科学精神？是否对中医临床有用？是否对充实教学内容有用？是否对发展中医启迪思路有用？记得南京医学院的一位寄生虫病学研究生写了篇针灸抗疟疾的论文，其实验是在猴子身上做的，结果是阴性，也就是说针灸对疟原虫没有作用。有些人提醒我发表此文要慎重，因为那个年头，"一根针、一把草"的政治运动的余波尚未平息，发表此文，可能会有否定中医的嫌疑，招来一定的政治风险。但我坚持认为，实验结果是科学，阴性结果与否定针灸的疗效是两码事。此文最后作为重要文章发表。这位论文作者，就是现在的我校博士生导师詹臻教授。但是，另一篇文章的命运就不同了。这是一篇徐州医学院一位中医教师的文章，是谈中医学术发展改革的观点。在20世纪80年代中期，针砭中医存在的问题，特别是要改革中医的理论，是要有点勇气的。稿件是否发表，引起了学校高层的关注。最后大删大改，几乎面目全非，虽然发表了，但文章的那点锐气已经荡然无存。现在想想，那个时代的中医界，思想其实还没有解放，对中医，对中医理论就是不敢说半个"不"字。

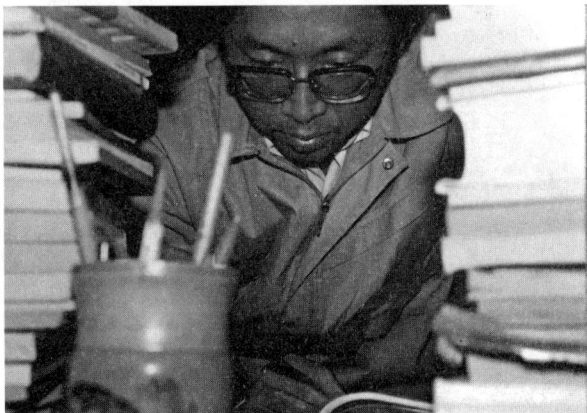

我每天的工作是审阅作者来稿。稿子几乎都是手写的，绝大部分有复写，稿子反面都有深深的蓝色印痕……（1989 年摄于《南京中医学院学报》编辑部）

　　为了促进学科的发展，编辑部还组织过好多次座谈会，邀请相关学科的教授及研究人员就该学科的发展思路和方法等开展讨论，然后将发言稿或论文集中发表。为此，学报增设了专题笔会的专栏，也成为每期的亮点。不过，观点大多平平。在中医高校，过激的学术观点常常是被人诟病的靶子，所以，说大家都显得温文尔雅是好听的，其实，高校的学术空气很沉闷。

　　编辑部里有位老前辈——许济群教授，我们尊称他为"许老"。许老先生是丹阳名医贺季衡先生的再传弟子，是南京中医学院前身江苏省中医进修学校的首批学员，南京中医学院中药系的首任系主任，是我国高等中医药院校第五版教材《方剂学》的主编。那时的许老并不管具体的编辑工作，而是忙着编写《方剂学》教材。许老是名医，长期坚持门诊，有时还有病人找到办公室来求方。许老的思想很开放，主张明确诊断，他上门诊，胸前总是挂个听诊器。有次，一位病人来诊，主诉胸闷。许老一听，连说要胸透，结果是气胸。幸亏发现及时，未出现危险。许老开的方，是丹阳贺派的风格，不仅有古方，也有许多时方，特别是许多经验小方。如治疗小儿咳喘，常嘱咐家长用少许麻黄与冰糖一起炖梨子，常有立竿见影的效果。由于找许老看咳嗽气喘的病人多，许老就研制了穴位敷贴方——麝香定喘膏。此方源于《张氏医通》，其中有甘遂、白芥子等，许老有所变动，并请中药系的老师改进了剂型，所以效果还真不错。麝香紧俏、价格昂贵，甘遂有毒难购，许老都亲自采购并把好质量关。许老这种风格，与当年孟河医家的传统有关。孟河是清末江苏南部的名医之乡，小小孟河镇走出了费伯雄、马培之、丁甘仁、余听鸿、贺季衡等许多蜚声海内外的名中医。孟河的医生大多内外两科兼擅，剂型上丸散膏丹都用。许老也是资深教授了，但他就不屑于搞什么学科分化，编什么大部头巨著，而是热衷于那小膏药。每当有治愈的病例，老人常常与我们分享快乐。后来名气大了，英国也来人要求合作。为此，老人忙了好一阵，也乐了好一阵。许老空闲时，也常常和我聊学校过去的人和事，让我感知了人情温凉。后来，我离开编辑部，许老也退休了，但我还常去门诊看他。2003年5月初，"非典"肆虐，南京也出现疑似患者数人，形势十分紧张。5月8日，北京召开中医座谈会，吴仪副总理呼吁中医上抗击"非典"的第一线。许老听到消息，9号清晨就给我来电话，问我此事知道否？我告诉他，昨晚的新闻联播就播放了。老人很兴奋，他说，现在是中医出来的时候了，并极力鼓励我争取上抗"非典"的第一线，说"我拼老命也支持你"！老人瘦弱的身躯中原来还是一腔沸腾的热血！许老的这句话，至今余音不绝，让我肃然起敬！回想起来，那时的学报编辑部，依然有浓浓的中医临床味，特别是能得到许济群先生这样有求实精神的临床家的指导和提携，也是我在南京中医学院的幸运。

学报编辑部是一个高校连接社会的窗口，来的客人和作者很多，他们的到来，带来了许多信息和学术观点，让我获益良多。

南京医学院（现为南京医科大学）的张慰丰教授是我的贵客。他常常拎着一只黑皮包，满面春风地来到编辑部，与我们聊天，谈中医，谈中医学院的往事。我很喜欢张老师来，因为他是我的偶像，是我心目中学者的形象。认识张老师，是在1979年冬天于常熟市召开的学术会议上。他那时44岁，在《江苏医药》杂志社当编辑。他中等个子，干净清瘦的脸上带一副黑边近视眼镜。他很健谈，一口上海普通话，很绵软，很清晰，说话时总是带着微笑，让人亲近。张老师对我在《新中医》杂志上发表的《实习日记》一文很欣赏，鼓励我继续写下去。当时，小学徒的我非常感动。后来，我们经常通信。我在《江苏医药》上也发表了好几篇文章，都与张老师的帮助、提携有关。我到南京以后，和张老师交往的机会更多，特别是当学报编辑部主任后，我经常去他家。张老师总是热情地给我倒上一杯饮料，夏天或可乐或果汁，冬天或咖啡或绿茶，然后与我谈他近期的研究进展或想法。我从张老师那里学到做学问的方法，感受到一位学者的人格魅力和学术情怀。我也向他汇报我的思考和写作计划，送上新出版的学报，谈我的学术收获，也诉说我的烦恼。张老师都会替我分析，为我解难。张慰丰教授是我国最早的一批西医学习中医的高级学者，当时，他专攻医学史，曾在

南京医学院的张慰丰教授是我的贵客。他常常拎着一只黑皮包，满面春风地来到编辑部，与我们聊天，谈中医，谈中医学院的往事。我很喜欢张老师来，因为他是我的偶像，是我心目中学者的形象（2012 年摄）

北京脱产学习，并拜著名医史学家陈邦贤先生为师。后供职于南京医学院，教授医学史。张老师的知识面非常宽，他不仅精通西方医学史，也通晓中国医学史，而且对自然科学史也非常熟悉。他酷爱买书，是南京新华书店的固定个人客户，定期去书店进书。家里两间屋子书藏四壁，还加里外两层。张老师还爱剪报，许多剪报资料常常就夹在相关的书中。张老师的书，是为了研究，很多书中有他的批语。批语为钢笔字，蝇头小楷，字迹清秀端正，一如其

人。张老师爱书，也爱借给我们看书。坎农的《躯体的智慧》、富士川游的《日本医学史》，都是张老师推荐我看的。我在20世纪80年代研究新中国成立后的中西医结合史，也是在张老师的指导下完成的。张老师虽然在南京医学院，专业是西方医学史，但对我们南京中医学院的发展很关注，对中医发展也很有思想。我们举办的中医学术会，也常常邀请张老师来参加。记得张老师曾为我们做过中西医比较医学史的报告，其中关于张仲景与盖仑的学术思想比较，让我对中医学特色的认识更为深刻，对张仲景的医学也更加崇敬。后来我写《张仲景50味药证》，张老师很高兴，特地为我写了篇题为《辨证论治新论》的小文，阐述了先生对中医辨证论治的看法。编辑将此文放在书中代跋，给全书增色许多。

经常来学报编辑部的，还有医史教研室的吴云波老师。他带着高度近视眼镜，常常高声说话，他谈学术观点从不掩饰，虽然不是中医出身，但由于其扎实的文史哲功底，看中医的角度就是与中医不一样。他强调中医是技艺，认为中医是名人的医学，强调中医回归传统，给我印象很深。他对徐灵胎的学术思想很推崇，与我有共同语言。他对我的中医学术也很支持，在不同的场合替我呼吁。我们成了朋友。

我在学报还结识了不少基层的中医朋友。

这里我要说那么两位农村中医：一位是苏北兴化的乡村医生姚鹤楼，他比我大好几岁。他酷爱中医，家里经济条件并不宽裕，微薄的收入常常用于买书，还订阅了国内许多中医杂志。他的方用量很大，五味子达45g。学报曾经发表了他写的有关中医用量的文章，他非常高兴，我也很高兴。后来，他不知什么原因，出了医疗事故，家给人砸了，很多书也给毁了，扔进了门前的水塘。他大哭一场后，只身离开了家乡，在一个很远的县城行医。据说后来病人很多，效益也很不错，还买了房子，但前几年不幸死于肝癌。

还有一位是东海县的小杨，那是在学报编辑部举办的写作培训班上认识的。他刚从医学中专毕业，白净，聪明，西医学得好，中医书也看了很多，而且文章写得极佳。后来我们经常通信。他非常熟悉我的学术思想，现在已经成为我们经方团队的骨干，我的得力助手。

与基层中医的交往过程中，我常常被他们对中医的那份执着情感所感动。基层中医对中医的热爱最真诚，学习与研究最投入，但他们的处境最艰难，社会没有关注他们，中医高等教育机构常常淡忘他们。我真希望政府和高校能拉他们一把，让他们也能体面地生活，安全地使用中医中药，尊严地发表自己的研究成果。

　　我从1986年秋天到学报编辑部，到1995年春天离开，在此工作了近九年。那是一个被学校边缘化的学术部门，但这里是社会，特别是基层了解高校的唯一窗口。我在学报，不仅仅使知识面得到拓宽，思维更加严谨，更重要的是，在这里可以让我睁开眼睛环视四周，让心去感知临床中医的思维脉冲。这段经历，对我后来的学术研究影响深远。

村井先生

1989 年 10 月，我受国家教育委员会的派遣，赴日本京都大学进修老年医学。选择老年医学的原因，其一是刚完成养生康复专业的调研论证，意识到中国即将进入老龄化社会，国家需要老年医学人才；其二是老年医学的思想与中医学更为接近，中医临床的对象也以老年病为多，而日本是世界长寿大国，在老年社会学以及老年医学方面均是国际领先的。

京都是日本平安时代的首都。京都的美，是一种古朴的美，一种恬静的美。京都四周环山，市内没有高层建筑，在市区也可以看到远处绵延的青山；一条名叫鸭川的河流穿城而过，河边绿草茵茵，不时有觅食的水鸟掠过。京都的古迹很多，如清水寺、金阁寺、银阁寺、护国寺、平安神宫等都完好地保留着，显示出这个古都的厚重。京都的北部岚山风景区，碧山清水，宁静秀美，周恩来总理到过，邓小平总理也到过。京都街道的格局参照当年唐朝的都城长安，规整，房屋大多为两层的木屋，古朴；街道干净整洁，行人也不多，没有都市的喧嚣，没有现代的张扬，给我的感觉很好。

我去日本之前，只知道京都大学在日本与东京大学齐名，但其学风更严谨，是最具有科学精神的大学。京都大学曾出了好几位获诺贝尔奖的大家，如物理学家汤川修树。后来，在寻找日本有关老年医学研究高校时，在一本日本高校名录上发现京都大学医学部有老年科，还有副教授村井淳志。于是，我给村井先生去了封信。不久先生来信了，字迹清秀工整，他说他不懂汉方医学，但如果要学老年医学，他还是可以带教我的。我喜欢这位实在的日本学者，于是，我选择了京都大学，选择了村井先生。

京都大学很大，有好几个校区……南校园是教养学部、医学部、药学部和附属医院。老年科在附属医院北边的一栋咖啡色的大楼里 (1989)

119

京都大学很大，有好几个校区：北校园是理学部、农学部等机构；西校园是本部校区，有人文科学、工学部等，学校行政机构以及学生大食堂；南校园是教养学部、医学部、药学部和附属医院。老年科在附属医院北边的一栋咖啡色的大楼里，与神经内科同一楼层，有3个研究室。那天我到医学部报到后，一位女秘书将我带到教授办公室。老年科新来的教授姓北，名彻，刚从美国回来，是研究高脂血症的专家。他身材高大魁梧，有美利坚的气质，充满自信。他简单给我介绍了老年科的情况后，便爽气地将我介绍给村井先生。村井先生60岁左右，个子不高，清癯，花白的头发烫过，西装笔挺，待人和蔼。他思维敏捷，说话简洁，吐词清晰，虽然我的日语不熟练，但先生的话很容易懂。

我向先生汇报了我来日的意图。当他知道我的进修意向是老年医学临床以后，便安排我跟他

村井先生60岁左右，个子不高，清癯，花白的头发烫过，西装笔挺，待人和蔼。他思维敏捷，说话简洁，吐词清晰 (1990)

门诊和查房。其余时间，自己看书，参加老年科的活动。那天谈话结束，他就带我去吃了顿西餐，还送我一包良乡栗子，栗子很甜。

进修的时间是宽松的，但无形的压力到处存在。这里是纯西医的部门，氛围气息与南京中医学院迥然有别。没有搭脉察舌，而是彩色超声波、核磁共振成像、电子胃镜……不讲阳虚阴虚，而是帕金森病、糖尿病、阿尔茨海默病、脑梗塞、丙型肝炎……（1990年摄于京都大学医学部）

　　进修的时间是宽松的，但无形的压力到处存在。这里是纯西医的部门，氛围气息与南京中医学院迥然有别。没有搭脉察舌，而是彩色超声波、核磁共振成像、电子胃镜……不讲阳虚阴虚，而是帕金森病、糖尿病、阿尔茨海默病、脑梗塞、丙型肝炎……大大小小各种讨论会，眼花缭乱的统计数据和图表，让我总也记不住的英文单词和缩略语……这里的医生架势够大的，挺括的白大褂、口袋里插满各种圆珠笔、脖子上挂着听诊器，表情严肃，步伐匆匆……那是一个陌生的世界，也是一个让我感到有压力的世界。我有明显的知识缺失感、学术地位的失重感。我开始读书，从老年医学的基础开始。老年科的资料室有套《图说老年医学》，一共有五册，从基础到临床，内容非常丰富，图文并茂，是我看得最多的。

村井先生每周有2次门诊，地点在附属医院的老年科。病人很多，一个上午要看40人左右。病人常是半裸入室的，患者的体型和体貌特点一目了然。先生看病，非常认真。他首先要让病人称体重，量血压，然后每个人都要听听心肺，还要摸摸腹部和腿。病人非常乐意让先生检查，并且虔诚地听先生讲解，然后哈着腰、点着头，满意地离开，这时，村井先生总是要嘱咐一两句"多保重""走好"之类的话。村井先生在病人中很有人气，崇拜他的病人很多。病人敬重他，经常给他送一些糕点、咖啡、茶叶以及土特产，村井先生也不拒绝，很高兴地收下。下班后，常常精神抖擞地拎着这些礼物离开医院。我知道，这是病人对他医术医德的肯定，这是他的骄傲。

先生非常重视提高患者的自我保健意识。刚开始，我不理解为何病人每次来都要量血压及称体重？村井先生说：体重、血压等在短期内是看不出多大变化的，但几年积累下来，其数据的变化对诊断、治疗就有参考价值；更重要的是可以让患者加强自我保健的意识，这比吃药更管用！

　　先生治疗老年病，不主张急于求成，也不必求全。他说老人体内的内环境自稳能力较差，对外来刺激的反应及适应力较差，治疗急于求成，往往适得其反。如对高热投以解热剂可引发休克，浮肿时过用利尿剂可导致脱水或血液浓缩而产生血栓，血压降得过低、过急可导致脑缺血等。他还主张对老年人体检中发现的一些轻度异常，通常可以不必在意，如果兴师动众，大量服药，就往往成为酿成医源性疾病的祸端。

　　先生非常重视老年患者日常生活能力（ADL）的提高。他说，ADL是患者身体机能的综合反映，即使在单个器官的功能得到改善而ADL未改善的话，其意义也不大。先生反对老人长期住院。长期住院会导致ADL低下，思维迟钝，与家庭和社会关系疏远，生活的依赖性增强等。门诊中，他经常询问患者的饮食、睡眠、二便以及看电视、读报纸、运动和社交的情况，嘱咐老人要当心跌倒。在先生的眼里，看到的不是病，而是人！

　　先生非常重视保护老人的残存机能。他不主张患者多挂水和导尿等。他说，老人的机能不用即废！老人要尽可能地多讲话，多用脑，衣被可以自己叠，电话要经常打，还有，即便是已经卧床不起的老年人，能自己咀嚼的，就不要为省事省力而鼻饲，导尿管也尽量不要久留久置。

先生反对老人多用药，更反对依赖药物。他说，由于老人的肝肾功能已经衰退，年龄越大，使用药物的副反应越大。如果与20岁的年轻人相比，50年龄段的发生率是2.7倍，60年龄段为3.56倍，70年龄段达7.1倍。所以，先生处方的用药量不大，大约是年轻人用量的3/4或1/2。他开的药物种类也很少，处方不会超过3种。为了解就诊患者的服药情况，我们在门诊曾做过患者用药种类的调查，日本老人的服药种类还不少！

先生不主张施行安乐死。他说，乐生而恶死，乃人之常情。为何病人要想死？是因为疾病的折磨，是内心有痛苦。没能帮助患者解除痛苦，是医生的失职！安乐死一旦施行，就会让医生失去研究的冲动，会给医生的懈怠带来借口。作为医生，他无法接受安乐死。

先生经常说，老年医学的目标在于预防与治疗老年病，使所有人能无病而终其天年，这是理想目标，但同时，使得患有不治之症的老人带病延年，保护和开发老年患者的残存机能，让其尽可能地享受生活的乐趣，这也应该是老年医学工作者的努力方向。也就是说，生活的质量比长寿更重要，更有意义。

作为一位知名大学的教授，先生很忙，频繁出席各种学术活动和演讲(图为村井先生在演讲,我担任翻译,1990年摄)

　　作为一位知名大学的教授，先生很忙，要频繁出席各种学术活动和演讲。只要可能，先生总带我去。我去过东京、名古屋、大阪，去过美丽的琵琶湖。我在先生身边获得了很多，我感受了日本老年医学界的学术氛围，学习并体会到了老年医学的思路和方法，也领略到一位老西医专家的学术风采和个人魅力。

　　我让先生最高兴的一件事是一次成功的演讲。1990年3月，村井先生安排我在老年科的一次讨论会上介绍中医。我简单地介绍了中医学的特点，特别讲体质辨证，并当场为在座的老年科医生们进行体质倾向的识别诊断，引起了大家的兴趣。村井先生也很满意，让我准备在首届日本老年医学会近畿地区大会上做特别演讲。近畿地区就是日本的关西地区，以京都、大阪、神户为中心。这次大会将是近畿地区老年医学专家的大聚会，先生给我的这个机会，让我感到十分兴奋。我的初稿很快出来了。我从六个方面谈了中国传统老年医学的特征：第一，具有数千年历史的中国医学以不老长寿为追求的最高目标；第二，以东方哲学为基础的整体论的养生观；第三，重视自身抵抗力的治疗观；第四，以天然药物、食疗食养、气功导引、针灸推拿为特色的自然疗法；第五，重视个体差异性的辨证论治；第六，重视胃气，用药以不损食欲的老人用药原则。村井先生在百忙之中为我做了修改。我第一次做了幻灯片，还请一位名叫西岛永子的学生帮我校正发音，自己预讲了几次。5月12日，大会在大阪国际交流中心举行。给我演讲的时间为15分钟。第一次登上日本老年医学会的讲台，有些紧张，但更多的是兴奋。会场安静，我很镇静，语言流利，富有激情，时间卡得正好。演讲结束，会场两次报以热烈的掌声。神户大学医学部的藤田拓男教授在后来的发言中引用了我提到的"有胃气则生，无胃气则死"的观点，他说，中医将食欲作为生命力的检测标准的观点很有道理！因为日本学者也发现：死亡前6个月的老年患者的血清总蛋白含量是低下的。会后，大阪大学、奈良大学的几位教授都对我的成功演讲表示祝贺，认为在短时间内能将中医的观点清晰地表达，真是太好了！村井先生也非常高兴，他微笑着，和我在大厅外拍照留念。后来，我的讲稿全文发表在当年第11期的《日本老年医学》杂志上。

我在京都大学待了一年。回国之前，老年科为我举行了欢送宴会，那天晚上，北彻教授代表老年科送我一份礼物，那就是我常读的《图说老年医学》，让我兴奋不已。村井先生那天也喝了不少清酒，脸微微发红。他在祝辞中希望我努力学习和工作，为我的专业，为我的中国！我回国以后，村井先生携夫人来过南京两次，为我们学校做了好几场有关老年医学的学术报告。两年后，先生退休，随即应聘担任高知县一家大型老年医院的院长，我也去过那个医院。由于先生强调人性化的医疗和科学化的管理，使得这家医院声名鹊起，而且扭亏为盈。更重要的是，该院住院老人的死亡率大大下降。更让我高兴的是，在先生的倡议下，这家医院引进了中医针灸，我校的两位资深中医专家在那里工作了好几个月。医院一位住院医生还是汉方爱好者。

与先生分别已经好多年了，我依然十分怀念在京都大学医院的日子。村井先生以其严谨的科学态度、以人为中心的医学思想、简洁明快的处事风格，给我留下了深刻的印象。

走进细野诊疗所

京都的东山麓有一长渠，清澈的琵琶湖水从这里向南流淌。渠道两边种满了树，春天樱花怒放，夏天绿树成荫，深秋红叶满目。渠边是一条小路，弯弯曲曲，约有好几里路长，是人们赏花散步的好地方。据说，日本哲学家、京都大学的西田几多郎教授当年经常在此散步，思考人生。于是，人们将这条小路称之为"哲学之道"。沿这条小路往南，到一个叫鹿谷的地方，可以看到一个极为雅致的和洋合璧的两层别墅——细野诊疗所，这是我在京都期间常去的地方。

细野诊疗所是日本著名的汉方诊疗所，1928年设立。开创者是被称为日本现代汉方三巨头之一的细野史郎先生。细野史郎先生重视方证研究，主张古方与后世方兼收并蓄，积极推进古方的现代药理研究和剂型改革，是日本最早开设汉方病房及使用颗粒剂的学者。细野诊疗所不仅有良好的诊疗条件，还有生产汉方颗粒剂的药厂。细野史郎逝世后，接任细野诊疗所理事长的是其女婿坂口弘先生。坂口弘先生毕业于京都大学医学部，年轻时便倾心于汉方医学研究，曾赴欧洲传播汉方医学。20世纪80年代以后，坂口弘先生积极从事东洋医学国际化的事业，主张中西医结合，曾担任日本东洋医学会会长、日本国际东洋医学会会长等职，在日本汉方界声望极高。细野诊疗所的诊务繁忙，大阪、东京、广岛均有分诊所。医生除坂口弘先生以外，还有细野完尔、中田敬吾等先生。利用进修老年医学的机会，与日本汉方界交流，是我赴日的又一目的。细野诊疗所是否能接纳我？是让我比较担心的。毕竟第一次来到日本，人生地不熟。到京都不久，我就贸然去了细野诊疗所。

细野诊疗所明亮而洁净，护士小姐温柔细语，候诊环境十分优雅，沙发，无声电视，落地玻璃大窗，窗外竹子青翠……患者预约而至，没有高声喧哗，一切都是那么的静谧安详。中田敬吾先生没有因为我突兀来访而拒绝，而是在门诊的间隙接待了我。他年长我9岁，长得很帅，为人谦和而直率，气质直逼日本著名电影演员三浦友和。初次见面，我和他就没有隔生感，忐忑不安的心一下子就放下了许多。当他知道我的意图以后，便邀请我参加细野诊疗所的"勉强会"。

"勉强"一词在日语中是学习的意思，但好学的日本

中田敬吾先生年长我9岁，长得很帅，为人谦和而直率，气质直逼日本著名电影演员三浦友和。初次见面，我和他就没有隔生感，忐忑不安的心一下子就放下了许多

人并不是勉强地应付学习，而是自觉自愿的。细野诊疗所的学习会是每周四晚上，参加者主要是京都大学医学部的学生，也有一些医生和药剂师。中田敬吾先生是主讲人。不需要学费，也没有讲课酬金。那段时间大家在读《橘窗书影》一书，这是日本名医浅田宗伯的医案，大多追忆其有效案例的治疗过程，叙事简洁但极富深意。书是影印本的复印件，文是汉字文言文，大家先要翻成现代日语，一个字一个字地抠，费时费力，读得很辛苦，但大家又很开心。这种情形在国内是少见的。我搞医案研究已经多年，刚刚在国内出版了《医案助读》，点评名医医案对我来说可谓是小菜一碟！特别是我在京都大学医院里憋了好久，这次来到细野诊疗所，看到中医的书，就如同久别回家，

感觉特别轻松。我从医案的识证要点，再说到其医案方药的现代应用，把浅田宗伯先生的医案所蕴含的一些道理给说明白了。大家听得直喊"索唔德斯咖"（是这样啊）"拿如霍哆"（原来如此）！中田先生也频频点头，十分高兴。医案原来有如此读法，更能品出如此滋味！大家的情绪很快热烈起来，亲切地称我为"黄先生"。那天结束时，夜已深，星斗满天，我骑车沿着哲学之道回宿舍。虽早春寒意袭人，但我的心里却十分温暖，一种少有的畅快感洋溢周身。这是一种成就感。

我从医案的识证要点，再说到其医案方药的现代应用，把浅田宗伯先生的医案所蕴含的一些道理给说明白了（1990 年，在细野诊疗所的学习会上）

此后，中田先生要我每周去细野诊疗所两次，一是与他一起门诊见习，二是为细野诊疗所的学习会担任学术辅导，并翻译细野史郎先生的《汉方医学十讲》。

中田先生毕业于京都大学医学部，学生时代就迷上汉方，后入职细野诊疗所，还成为坂口弘先生的女婿。已经是副院长的中田先生很忙，不仅要负责京都、大阪两地的诊疗，还要负责全院的诊疗业务及学术研究工作。他很勤奋，也很开放，对中医教科书理论也很熟悉，还访问过南京中医学院。据中田先生说，他不是古方派，也不是中医学派，应该属于日本的折衷派，即古方与后世方均用的医家。他和坂口弘先生均推崇浅田宗伯先生。中田先生的诊桌上就放着浅田宗伯的《勿误药室方函口诀》一书。

浅田宗伯，是我到细野诊疗所才听到的名字。我随即在细野诊疗所的图书室翻阅了浅田宗伯的全集，不禁对这位前辈肃然起敬。浅田宗伯（1815—1894），名惟常，号栗园，出身于汉医世家。他博览群书，善取众家之长，临床以《伤寒论》"知犯何逆，随证治之""常须识此，勿令误也"为治医警诫，故名书房为"勿误药室"。明治维新时代，汉医将废，浅田宗伯积极参与汉医救亡运动，与诸多同仁一道，拼力执掌汉医之舟于西洋洪流，为汉方的振兴奋斗终身。他的医学、诗文、书法均佳，是日本明治时代最后的汉方医学巨匠。一生著有各种医文著作80部，共200余卷，如《勿误药室方函》《伤寒论识》《杂病论识》《橘窗书影》《古方药议》《脉法私言》《皇国名医传》《先哲医话》等，均是日本汉方的重要财富。在南京，我曾阅读了富士川游著的《日本医学史》，摘录过《药征》的主要内容，了解了日本的后世方派的田代三喜、曲直濑道三传播我国金元医学的情况，也知道了那位极具学术个性的古方派大师吉益东洞先生以及后藤艮山、中神琴溪、山胁东洋等人的学术思想大略，但毕竟肤浅，那只是开了一扇窗而已，而到了日本，到了细野诊疗所，那才是开了一扇门，让我睁开眼睛，爬起身，我要看看日本汉方，亲自领略中医学外传东瀛后变身的模样！

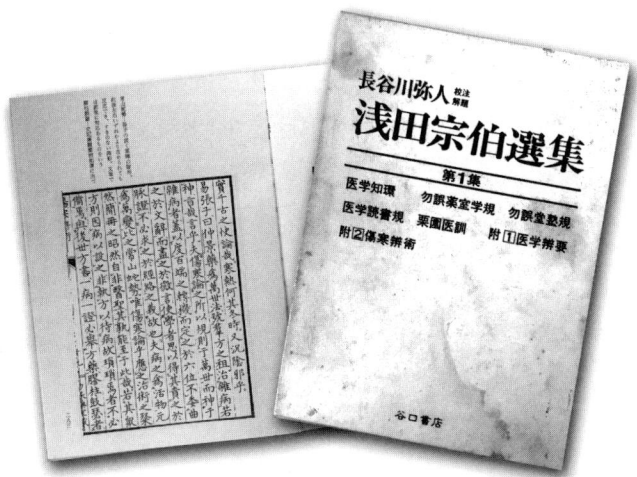

浅田宗伯是我到细野诊疗所才听到的名字。我随即在细野诊疗所的图书室翻阅了浅田宗伯的全集，不禁对这位前辈肃然起敬

中田先生看病，与病人相对而坐，既切脉，也诊腹，还用听诊器。切脉是双手，切完还要摸摸手心手背；听诊也很细致，左右前后，全部听到。病历由护士小姐送来。记录不仅是患者的主诉，还包括腹诊图。

中田先生重视方证，也重视体质。他用柴胡体会很多，说有些患者出的汗液都会有柴胡味。此外，用柴胡常有胸胁苦满，医生用手按压两胁肋，重的有胀满拒按，轻者医生指尖也有抵抗感。他发现柴胡桂枝干姜汤证患者有胸骨过敏现象，有些患者在剑突下端鸠尾穴处稍一按压即感到疼痛。对一些体质壮实的高血压患者，常常使用大柴胡汤。这些都给我留下很深的印象。

中田先生用的方，古方、后世方均有。古方中柴胡剂最多，如柴胡桂枝干姜汤、大柴胡汤、柴胡加龙骨牡蛎汤、四逆散、小柴胡汤、柴苓汤、柴朴汤等；妇人方也频用，如当归芍药散、桂枝茯苓丸、温经汤等。此外，后世方如十全大补汤、补中益气汤、加味逍遥散、钩藤散、抑肝散等也是常用的。

中田先生的处方均是颗粒剂，一般是原方，遇到复杂者，多加一两味单味颗粒，如大黄、附子、人参等。细野诊疗所的颗粒剂种类达400种，虽然其中大部分不能由国家医疗保险支付，但依然不影响求诊者。患者以京都地区为主，其中大部分是西医西药疗效不佳的。据我所见，以精神神经系统疾病、心脑血管疾病、皮肤病、骨关节病、免疫性疾病、消化道疾病、妇科病等最多，印象比较深的，有白塞病、异位性皮炎、糖尿病、丙型肝炎、肾脏病等。

细野诊疗所还配备针灸师，许多患者同时接受针灸治疗。中田先生也用针灸。其针甚细，进针用针管，刺入浅，很多针都挂下来了，留针时间也短。有的患者还留置皮内针或用金属粒按压留置。

中田先生的为人，也和他的医学一样，温文尔雅，不偏不倚，富有人情味。他的病人很多，大多是那些老病人，有古稀老人，也有青年学生，有精神压力颇大的职员，也有悠闲的家庭主妇。在日本汉方界，中田先生的地位也很高，他一直是日本医学会关西支部的负责人，热心地从事着日本汉方医学的发展事业。他很忙，每周固定地往返于大阪、京都两个诊所。同时，不断地出席或组织各种学术活动，但从无怨言，永远是微笑着、忙碌着。

到细野诊疗所不久，就见到了坂口弘先生。先生中等身材，身板硬朗，肤色微黑，戴一副眼镜，头发虽稀疏，但梳理得一丝不苟。他的西装很挺，皮鞋锃亮，声音洪亮，一点也看不出已经是七十多岁的老人。他在门诊以后，常常到资料室，抽着烟与我聊天。他会讲当年在德国游学的故事，也讲到他看的一些案例，还谈浅田宗伯先生的医术和思想。坂口弘先生的老师细野史郎先生师从浅田宗伯的弟子新妻壮五郎，所以，坂口弘、中田敬吾均属浅田宗伯一派。和浅田宗伯先生为汉医的生存抗争不同，坂口弘先生是为推动国际传统医学的合作而努力。他组织过好几届年会，在京都、在汉城。那年，他忙着筹备在东京召开的第六届国际东洋医学会。先生说，国际东洋医学会如果没有中国的参加，就名不正，所以，他极力主张到北京开。但由于种种原因，他的提议没有成功，对此，先生不无遗憾。他对中国怀有感情，他与时任卫生部部长的胡熙明熟悉，也曾出席过在上海召开的国际会议，和时任上海市委书记江泽民在主席台就坐，说到这里，他脸上就洋溢出骄傲的笑容。

到细野诊疗所不久，就见到了坂口弘先生。先生中等身材，身板硬朗，肤色微黑，戴一副眼镜，头发虽稀疏，但梳理得一丝不苟

《汉方医学十讲》是细野史郎先生在20世纪50年代的讲稿，60年代初汇编成册，1982年正式出版。全书先介绍气血水、阴阳虚实概念，再按《伤寒论》六经，分别介绍了几十张常用经方的方证及临床应用经验。细野史郎先生是临床家，经方用得相当好。书中对桂枝茯苓丸推崇备至，列为全书开篇第一方。他明确指出，桂枝茯苓丸可用于痛经、子宫肌瘤、附件炎等，而且还提到桂枝茯苓丸可以治疗脑血栓。后来我用桂枝茯苓丸治疗肺栓塞、下肢静脉曲张以及深部静脉血栓，还用于心脏介入术后的调理，都有效果。他用葛根汤也很有经验，如用于副鼻窦炎、皮肤病、高血压、醉酒。特别是用于那些考前开夜车复习读书的学生，可以使其精力充沛，对我很有启发。大柴胡汤是他常用的，不仅用于胆囊炎、胆石症、神经衰弱、癫痫等，还合半夏厚朴汤用于支气管哮喘；合三黄泻心汤用于高血压、动脉硬化、半身不遂等，加地黄用于糖尿病。细野史郎先生非常重视体质，很多经方都是按体型体貌特征用药的，客观实在，易懂好学。还有，全书还介绍了吉益东洞、和田东郭、浅田宗伯、大塚敬节诸多汉方大家的学说和经验，对我了解日本汉方医学的历史和流派帮助很大。我在细野诊疗所的图书室内，边看边翻译，既学习了日语，又学到了日本汉方。《汉方医学十讲》成了我学习日本汉方的一本好教材。

　　细野诊疗所有一种浓郁的学术味。院长细野完尔先生儒雅，颇有学者风度，和我讨论过《伤寒论》中的合病、并病问题，还和我谈医案，他手头居然有我的《医案助读》一书。药剂师高桥先生谦和好学，对汉方医学文献熟悉，对经方的临床应用也非常感兴趣。有时，我在诊所还会偶尔遇到一位银白头发的老人，他默默地看书，查找文献，后来聊起来，才得知他是细野诊疗所特聘的研究人员。老人对《伤寒论》的桂枝究属何物在作文献考证，按他的观点，《伤寒论》上记载的桂枝，应该是现在市售的肉桂。细野诊疗所也经常有外国学者来访，我曾遇到来自以色列、瑞典的学者。

　　细野诊疗所定期举办讲座，"近代汉方讲座"已经连续办了21年，每年有4次。一般多在周六、周日开讲。每次都有专题，担任讲师的多是细野完尔、中田敬吾以及中濑、山崎、高桥等医生和药剂师。听众来自全国各地。

　　细野诊疗所还有自己的报纸《圣光园新闻》，编写并出售面向汉方初学者以及大众的科普书籍。1990年夏天，梅雨季节，京都闷热潮湿。我写了夏天的食疗方，介绍了冬瓜生姜汤等清热利湿的食疗经验，也发表在诊疗所的报纸上了。

　　我在细野诊疗所大约有10个月，成为我在日本的第二个进修点。我在这里不仅进修了日本汉方，更是第一次走近日本汉方界。在我的眼睛里，细野诊疗所的医生们每天就这么忙忙碌碌，既从事着诊疗业务，同时又有不少临床研究和社会服务工作。他们很平静地面对一切，不功利，不浮躁，没有门户之见，唯疗效是求。他们撑起了日本现代汉方世界。

京都印象

在日本的一年，是我开眼界的一年。我到过东京、大阪、神户等地。东京去过两次，这个大都市是现代化日本的缩影。地铁如同蜘蛛网四通八达，让人惊叹现代轨道交通的快捷与便利；新宿夜空闪烁的霓虹灯，银座街头气派华丽的银行商厦，涩谷晚上熙熙攘攘的行人，秋叶原各式各样的最新电器，让人感受到现代大都市的繁华和喧嚣。但比较下来，我还是喜欢京都。

我喜欢京都的恬静。

我住的光华寮往西，就是静静的鸭川。过桥后是古老的下鸭神社，参天的古柏，长长的参道，参拜人少，人走过，常会惊动几只乌鸦，呱呱啼声更显得这里的静寂。我经常从下鸭神社的外墙走过，穿过几个寂静的小巷，到一个名芜庵的小院。推开篱笆门，是一个很精致的日本庭院。几块大石头，修剪饱满、高低不等的乔木，石灯笼、碎石铺就的浅浅的沟坎，满地黄绿的苔藓，还有几只觅食的白色乌骨鸡……那是我的朋友武田淳一先生的餐馆。

推开篱笆门，是一个很精致的日本庭院。几块大石头，修剪饱满、高低不等的乔木，石灯笼、碎石铺就的浅浅的沟坎，满地黄绿的苔藓，还有几只觅食的白色乌骨鸡……那是我的朋友武田淳一先生的餐馆

武田先生比我大10岁，当年是京都立命馆大学文学系的高材生，毕业后就继承祖业经营餐饮。几十年来，他静静地守着那个日本庭院式的店铺，研究着中华料理的广东菜。我是1990年的早春和他认识的，此后我们就在一起探讨饮食文化。他让我讲中医理论，讲常用中药，讲中国食疗和配方，学习常常在他结束营业以后的深夜。

我俩学习的房间是餐馆的小茶室，木板房，三面临院，竹帘半卷，月光下庭院深深，石灯笼里柔和的光，让茶室里人的心情格外宁静。每次，我总是侃侃而谈，他默默地记录，轻轻地提问。每周一次，从不间断，直到秋天我回国。

大约是经常接触烟火，他的手十分粗糙，经常开裂，搓之沙沙作响，但他的心却非常细腻，笔触尤其细腻。他说传统文化的萎缩，是从舌头味蕾开始的，肯德基、麦当劳的调味品冲淡了妈妈教给的味觉，对下一代的传统美食文化的渲染必须重视！他说：所谓的美食，不仅是漂亮，更重要的是健康。传统的饮食文化中蕴含了许多科学的道理，日本成为世界长寿冠军的秘诀之一，应该是日本清淡的饮食。武田先生很善于动手研制特色药膳，记得他做的菊花鲍鱼、枸杞蛤士蟆油，既好看，又好吃，还有保健功效，参加京都料理业界的评比，很受好评。

武田先生的文笔很好，也很勤快。他出版一本不定期的刊物《其味贯穷》，介绍饮食文化的理念和知识，特别是饮食保健知识。文章都是他自己撰写的，对象是他周围的朋友和食客。后来，他还成了《大阪针灸》杂志上的特约撰稿人，经常发表有关药膳的文章。他很忙，店铺的事情、京都中华料理协会的事情、朋友的事情，他还是日中友好协会的会员，经常照顾和接济中国的留学生。他的夫人也跟着忙，但我从没有听他们有半句抱怨的话。有次，我俩谈及人生问题，我说他应该当协会的会长。他摇摇头，说他不希望当名人，一生能从事自己喜爱的工作就是最大的满足。问及他对孩子将来的看法，他说，孩子们只要自食其力，有一个好心情，做个普通人就行了。现在，他的儿子大辅君也子承父业，当起芜庵的厨师。

武田先生（右）的文笔很好，也很勤快……他不希望当名人，一生能从事自己喜爱的工作就是最大的满足（左为仰振华先生）

我喜欢京都淡淡的禅味。

京都的寺庙很多。清水寺、金阁寺、银阁寺、真如堂、南禅寺、三十三间堂、东本愿寺、妙心寺、醍醐寺、曼殊院、极乐寺、法然寺……数也数不过来。但走进这些寺院，你的心气便会宁静许多。虽然各个寺庙的建筑风格各有特色，但都没有金碧辉煌的大雄宝殿，没有眼花缭乱的油彩，没有雕梁画栋。建筑群落大多依山傍水，错落有致。有的是原色巨木架构的大殿，梁柱门槛发出深沉的褐色，宽厚的黛瓦屋顶和突兀的屋脊给人一种震慑力；有的是用木材、茅草、树皮等纯粹的天然建材，没有起翘的屋檐，没有华丽的天花，毫无人工修饰，透出古朴自然的气息；有的庭院没有草坪，而是用细白石子铺就，再点缀着几块巨石和苍松青苔，禅味十足。我很喜欢这些寺院，更喜欢寺院中透出的那种简单、朴素、纯粹、静谧、脱俗的气息。

京都的饮食也有禅味。最具代表性的是京料理。我吃过好多次，印象最深的是和村井先生在陶然亭品尝的那一次。那里是正宗京料理的店铺，也是有篱笆墙的日本庭院，榻榻米，室内简洁无物，墙上挂一条幅。菜肴的素材均为新鲜的鱼、虾、蔬菜、豆腐、山珍，制作精美，色彩淡雅，特别配上粗糙的陶器，或黑亮的漆器，更显得京料理的高雅脱俗。菜肴清淡，细细品味，一物有一物之味。最有代表性的是南禅寺的白水豆腐，每年新年，日本人常吃此物。白嫩的豆腐在沸水中烫过以后，蘸上酱油就吃。白水豆腐以外，仅有黄酱汤、两三种清淡的酱菜、白米饭。一家人围着炉火，吃着、谈着，其乐融融，算是开始新的一年。豆腐淡，亲情浓，别有滋味在心头。

　　京都人的生活离不开饮茶。每次到芜庵，女主人都会给我端上一杯热茶，知道我是中国人，她给我泡普洱茶。第一次喝普洱茶，茶汤油润黑红，茶味温醇陈香，从此就留在我的记忆中了。在京都喝的最多的是普通的煎茶，茶香味清冽，有的茶里还有炒黄的荞麦，茶香和着麦香，让人神清气爽、胸膈顿开。最有味的是喝抹茶。印象最深的那次，是和坂口弘先生一起去拜访细野史郎先生健在的夫人。在榻榻米的客厅上坐定以后，老太太身穿和服，在粗磁碗里倒入少许茶叶粉末和水，用一竹刷搅拌，然后冲入开水，顿时满碗茶水青绿，闻之清香扑鼻，品之极苦。这时，坂口弘先生笑眯眯地让我品尝桌上的茶点，这是红豆果冻，凉凉的，滑滑的，极为甘甜，爽口沁脾。坂口弘先生说，这叫先苦后甜。

　　我还喜欢京都的樱花。

　　京都的春天最美，满城樱花怒放，处处是粉色的海洋。城内的御苑，西郊的岚山，北山的银阁寺，东山的醍醐寺，都是著名的赏花地。人们纷纷外出赏花游玩，在樱花树下聚餐聊天，这时的日本，真悠闲！1990年的春天，我第一次领略了京都樱花的美。在东山的哲学之道旁，一路粉红，一路春色，樱花真美！

　　樱花的美，美在花色。或白，或红，白中有纯白、淡白，红中或大红，或粉红，或紫红，或玫瑰红。花型也美，花瓣多，花团大，或怒放，或轻垂。有的樱花，还有淡淡的清香。

　　樱花的美，更美在花的灵性。樱花树在没有开花时，是极其普通的乔木，一样的绿叶，一样的枝干。但花开烂漫时，则张扬怒放，尽情地展现其无限的娇美，争得人们的宠爱。但是，仅仅一周，花就谢了，接下去的，又是静静地等待。一年精气神的积蓄，就为来年的几天！樱花的这种美，有点壮丽，有点哀伤，但日本朋友却十分欣赏，称之为"瞬间美"。人生不也应该如此吗？其实，樱花就是人生的象征，做人当如此，做学问也当如此！不过，我对樱花的这种理解，是这几年才开始的。

吉益东洞的精神

我喜欢京都,还因为京都是吉益东洞事业成功的地方。

吉益东洞,一位具有革命精神的日本医学家。吉益是姓,东洞是名。18世纪之前,日本的医学基本上是承袭我国金元明医学体系,李东垣、朱丹溪等医家的学说风行东瀛,医家大多讲五脏气血经络,用药以补益理虚为主,当时简称李朱医学。吉益东洞是反李朱医学的。他排斥空论,唯求实见,他提倡方证相对,主张万病一毒;他擅腹诊,用古方,在日本医学界刮起了一股古方旋风。一时间,追随者如流,成为日本古方派的开山鼻祖。

我是在20世纪80年代中期开始接触吉益东洞医学思想的。最初读的是他的《药征》一书,此书篇幅不大,收在那套民国时期出版的《皇汉医学丛书》中。这是一本论药的书。全书根据张仲景《伤寒论》《金匮要略》中的条文,比较分析,其风格与教科书迥然不同。记得书上说,石膏主烦渴。没有阳明气热的表述,没有大段理论的阐述,就以简洁的症状和体征，勾勒出石膏的主治。那种感觉，就如在闷热的酷暑吹来一股清凉的风，喝下一碗甘冽的水。我大段地摘抄《药征》，品味这位极具学术个性的医家思想。吉益东洞擅用古方，绝不是临床用方技巧或经验的摆弄，而是一场思想的解放；他推崇古医学，不是发思古之幽情，而是借古医学的外壳而孕育新的生命。他的医学，重实证，重经验，犹如东方医学的文艺复兴，处处有近代医学科学的闪光。我开始敬仰吉益东洞。

吉益东洞出生于广岛，祖父是有名的医生。他早年随其祖父的门人能津祐顺学习外科和产科。东洞酷爱读书，也会读书，十多年中不分寒暑，昼夜不辍，上至《素问》《灵枢》《伤寒》《金匮》《千金》《外台》，下至历代医书，无不涉猎；同时，东洞又研究四书五经、诸子百家。在疑问、痛苦中，在读书和临证中，在比较分析中，吉益东洞发现了李朱医学存在的重大理论缺陷，看到了张仲景医学中蕴含的精华。他兴奋，他冲动，他决意一生从事复兴张仲景古医学的大业，他要追寻一个梦，创造一个简洁、实用、纯粹的医学！

1738年，37岁的吉益东洞从广岛来到京都。他踌躇满志，但在李朱医学一统天下的当时，古医学没有人相信，没有人理解，更没有人追随。困境面前，吉益东洞没有退缩。他一边靠做木偶、烧小陶器维持生计，一边依然从事古医学的研究。43岁那年，吉益东洞家境更为凄苦，家里几度断炊。几近绝望的吉益东洞来到京都的少彦名神社，这里供着中国药神神农氏和日本药神少彦名氏。吉益东洞毅然绝食7天，以自己的生命祈祷药神。他悲壮地说：复兴古医学是我的生命，如果此举有违天道，则速让我死可也！倘若此举顺应天道，则药神当助我！死亡面前，吉益东洞矢志不渝。

说来也奇，绝食不死的吉益东洞，命运终于转折。一天，他像往常一样将做好的木偶送到店铺。店主一脸愁容。询得其母亲伤寒病重，虽然请宫廷侍医山胁东洋开方，依然不见起色。吉益东洞看看病人，再看看处方。说："此方去石膏必效。"店主不信，还是请侍医出诊。山胁东洋诊脉后，久久沉思，良久不下笔处方。店主见状，便将吉益东洞的一番话相告。山胁东洋一听，拍案道："说得有理！"遂去石膏。病人服后病愈。事后，山胁东洋登门拜访吉益东洞，两人谈得十分投机，遂成挚友。经山胁东洋推荐，吉益东洞从破旧的春日町搬迁到东洞院街，一时间求诊者、求学者络绎不绝，名声大振京都。1762年，他的代表作《类聚方》出版。这本书是将《伤寒论》《金匮要略》中的古方分类而成，不谈空论，着眼方证，阐述经验，十分实用。初版不久，在京都、江户即卖出一万册，以后再版数十次，可以说已经达到日本汉医人手一册的程度。1771年，吉益东洞又一部力作《药征》定稿，这本著作凝聚了他40余年研究张仲景方药的心得和他本人临床用药的经验。出版以后，也引领日本汉方发展至今。

　　吉益东洞，是日本汉医界的骄傲。他不屈不饶，坚韧不拔，甘愿寂寞，为真理而献身。他的一生犹如樱花，静静地等待，不停地积累，终于在那一天，用自己绚丽的色彩，让众人瞩目！

自由飞翔

在日本的日子是宽松的，思想是自由的。在南京，我写文章，说观点，总要顾及周边，以免刺激他人，破坏整体的氛围。特别是谈中医，不能偏激，要讲辩证法，要一分为二，否则会遭到批评。当年我在南京中医学院各家学说教研室，主张研究中医学术流派，主张评价历代名医学说，就被制止，并遭到冷嘲热讽，无形的压力让我胸闷。但在日本，我的思想可以自由飞翔，可以根据需要大胆地提出一些假说和设想，没有妒忌，没有压制，这种轻松感，实在是太好了！

细野诊疗所的学习会在读完浅田宗伯的《橘窗书影》以后，就开始讲经方。在中田敬吾先生的鼓励下，我担任主讲。听讲者大多是京都大学医学部的学生，还有几位临床医生和药剂师。他们的要求就是尽快了解中医，了解经方。没有考试，也无需文凭，所以，我的教学不必顾及国内中医高等院校的教学大纲，但尽量要让他们记得住，听得懂，用得上。

　　我开始讲类方。20世纪80年代中期，我已经接受类方研究思路。在出国前，还和上海科学技术出版社商定了《百日学开中药方》的编写计划，也是按类方设计的。到日本后，自然就想试试这种教学法。第一堂课是讲桂枝。我说，中医的方剂虽多，但是有系统的，就如人类的家族一样，中医有很多家族，这10种药物，分别代表着中医的十大家族。而每个家族有其特征，而这些药物的主治功效，分别代表着这一方剂家族的主治功效的特征。我说，你们先记住10种中药：桂枝、麻黄、柴胡、大黄、黄芪、石膏、附子、黄连、干姜、半夏。我的课程，就是从这些主要药物的主治功效讲解开始。大家说：好记好懂！

　　讲类方就要讲方证。方证是用方的证据和指征，是前人临床经验的结晶。方证客观具体，具有很强的可操作性。我讲方证，以《伤寒论》《金匮要略》为依据，参考了经方家和日本汉方的资料。中国经方的书，主要参考樊天徒先生的《伤寒论方解》。这本书是20世纪50年代末期出版的，署名是江苏省中医研究所。樊先生我没有见到过，他是南京中医学院早期的教务长，据说当年他经常穿西装，还拿"斯迪克"（stick）。樊先生懂英文，思想开放，主张吸收西医学和日本汉医学，教《处方学》。但他的处境不好，后来去了省中医研究所，"文革"中被下放农村。他的这本书是在省中医研究所时编写的，还没有自己的署名，只有"江苏省中医研究所"字样，后来再版时，校勘前言上才提到樊天徒的名字。全书按徐灵胎类方为纲，每方下有经典原文，有方证，还有后世注家的注释，其中应用柯韵伯、徐灵胎为多，还有不少日本汉方医家如吉益东洞、汤本求真的论述。全书文字浅显，没有繁琐虚玄的传统病机术语，很切近实用。我当年是在旧书店买到的，看后就常置案头，去日本就带了这本经方书。

讲方证时，为了帮助大家记忆，我特别反复强调那些客观指征，如舌、脉、腹等。那天讲桂枝，我强调舌质要暗淡，要嫩，要湿润，脱口而出"桂枝舌"一词，大家很兴奋，说："喔毛西若伊！（有趣）桂枝舌，哇卡答！（懂了）"我由此而推出了"干姜舌""大黄舌""附子脉"等术语，这种提法，教科书没有，完全是我从临床实际中体悟出来的。回想起来，当年在家乡跟夏奕钧先生抄方时，他就是这种思维方式：只见他一会儿起来扒着患者的嘴巴，看咽喉，看舌头；一会儿又坐在那张旧藤椅上，眯着眼，抽着烟，慢慢地吐着，然后，猛然掐灭烟头，说："这个人要吃桂枝的，还要夹附子吃！"或者说："这个人黄连不能吃的！石膏不能吃的！"没有那么多病机传变的四字术语，也说不清楚为什么，他就是那样用！那是经验，是口诀，或者说是老人脑海中的一个个方药的图版。不玄虚，可捉摸，有实证，也好学！但是，我到南京中医学院以后，要按教学大纲，要依从教科书理论，与那些来自临床的思维方式，往往无法衔接。但这种带有浓浓诊室气息的思维方式，在日本却可以彰显特色。这些"药征"的提出，一下子将我在日本的经方讲座推向了高潮。那天，加藤医生高兴地告诉我，她用大建中汤治疗一例腹痛患者，舌苔白滑，典型的"干姜舌"，用后病情大好。我很高兴，有一种说不上的愉悦感。现在知道，那也是一种成就感！

细野诊疗所的图书馆不大，但里面有关日本汉方的书籍杂志却很多。阅览室仅一间，落地玻璃窗外，白石子铺出的枯山水，几株翠竹，给人一种宁静安详的美。我在那里备课，在那里读书，尤其是读许多日本汉方的书。

如何看待日本汉方？长久以来，我的眼光是斜的，因为在国内接受了一种观念，那就是日本汉方是不讲辨证论治的，其表现是对症状用药，不加减而用原方，是死板的，是不入大雅的。我曾经写过介绍日本古方派的文章，在结论上也要加上那么几句话，贬低一下。到日本以后，我才发现这种观念是不准确的。为何会有如此变化？其原因是没有了禁锢你的思想框框，我可以任思绪自由地飞翔，用一种平和的心态看日本汉方；原因是蒙在眼前的迷雾已经不在，用自己的目光平视日本汉方。在阅读日本医籍过程中，我为《腹证奇览》中腹证图的简练直观而惊喜，为浅田宗伯先生的诗文学识所敬仰，为汤本求真先生犀利独到的思维和经验所震撼，为大塚敬节先生古方今用的思路所折服，为矢数道明先生学贯中西、古今折衷的态度所感动。日本汉方原来是那样的！那种感觉犹如在苏州游园，看看前面高墙蔽目，一拐弯，眼前亭台楼阁，桃红柳绿，又是一景！

秋天的东京，天高云淡，景色宜人。1990年10月，第六届国际东洋医学会在这里召开。我提交的论文是《体型辨证》，这是我提出的一个辨体用药的诊疗模式。辨体，是家乡夏奕钧、邢鹂江等老中医十分重视的诊疗思想，这个思想源于其老师朱莘农。朱莘农先生是苏南锡澄地区的名医，幼承家学，壮年以擅治伤寒大症而享盛名，平生对《伤寒论》钻研甚勤，临床重视验体辨证。他有句名言："医道之难也，难于辨证；辨证之难也，难于验体。体质验明矣，阴阳可别，虚实可分，病症之或浅或深，在脏在腑，亦可明悉，而后可以施治，此医家不易之准绳也。"其辨体质，多从望诊和切诊入手，尤其是擅长使用"咽诊"与"脐诊"。我虽无缘亲睹朱莘农先生诊病的风采，但从夏奕钧、邢鹂江先生的口授中得到了一些梗概。20世纪80年代后期，我也开始注意不同体型患者的用药差异，并在《新中医》上发表过有关论文。到日本以后，看到日本医生非常重视体质差异，壮实、瘦弱、面红、面白等常常成为选方用药的重要客观依据，尤其是森道伯一贯堂的体质论、藤平健先生的体质学说等，都对我有很大的启发。在细野诊疗所的学习会上，我根据朱莘农先生的辨体经验以及日本各家的体质论，更加大胆地提出了"桂枝体质""麻黄体质"的概念，引起在座学员的极大兴趣。但我给大会提交的论文没有那么激进，只是按胖瘦分体型，按红、白、黄、黑分肤色，分别配上相应的中医处方。我希望与中医、与日本汉方的距离不要太大。坂口弘先生同意我的看法，中田敬吾先生帮我修改了论文。根据大

我提交的论文是《体型辨证》。这是我提出的一个辨体用药的诊疗模式……我请细野诊疗所的一位针灸师帮我配了漫画……将各个体型特征勾画得很清楚（1990 年摄于第六届国际东洋医学会现场）

会组委会的要求，要有展板。为了形象易懂，我请细野诊疗所的一位针灸师帮我配了漫画。很遗憾，我忘了他的姓名，只记得他温文尔雅，皮肤白净，话不多。他的漫画真不错，将各个体型特征勾画得很清楚。

由于比较直观和新颖，我的论文受到与会者的关注。那天，我在论文展板前讲了好几场。闭幕式上，我的论文

被评为优秀论文并授予
会长奖。那天上台领奖
的共有4人，日本、瑞
典各1人，中国2人。我
来自中国大陆，另一位
谢医生来自台湾。站在
领奖台上，我无比激动。
一年前，我踏上日本土
地的时候，充满着好奇
和不安，人生地不熟，
举目无亲，但经过努力，
我与日本的汉医界有了
交流。更重要的，是我
的思想和研究，被日本

闭幕式上，我的论文被评为优秀论文并授
予会长奖⋯⋯站在领奖台上，我无比激
动⋯⋯我的思想和研究，被日本的同行关
注和认可，对于一个青年中医来说，那是
多么值得自豪啊（1990年摄于"第六届
国际东洋医学会"颁奖现场）

的同行关注和认可，对于一个青年中医来说，那是多么值
得自豪啊！

　　结束晚宴后，坂口弘先生、中田敬吾先生等请我在新
宿的一家卡拉OK厅唱歌，这是我到日本以后第一次去歌
厅。歌厅不大，还没有电脑自助，伴奏仅是一架钢琴，琴
师是一位花白头发的中年人，悦耳的琴声从他的指尖流
出，陪唱的是一位美丽清纯的姑娘。坂口弘先生邀请我一
起唱《星》。这是日本著名歌星谷村新司演唱的歌，旋律

委婉激昂，歌词振奋人心，给人的感觉有点悲凉、有点孤独、有点寂寞，但更有一种自强自尊、不屈不饶、催人奋进的力量。这种力量似乎在遥远的天际，更似乎来源于我的心底。

　　阖起了双眼，心中尽茫然。黯然抬头望，满目照悲凉。

　　只有一条道路通向了荒野，哪里能够找到前面的方向？

　　啊，散落的群星，点缀夜空，指示着命运。

　　静谧中放射出光明，蓦然照亮我的身影。

　　我就要出发，脸上映着银色的星光。

　　我就要启程，辞别吧，命运之星！

想家的感觉

我到日本不久，天就冷了。那年冬天，京都很冷，我的宿舍里没有取暖设备，一个人呆在屋里，冷得冰心。记得那个星期天，起床一看，窗外一片雪白，京都下雪了。我没有去医院，但也无心看书，只是隔着窗子看那些纷纷扬扬的雪花。我想家，想妻子，想儿子，想父母亲，那天还特别想小时候父亲带我喝过的羊肉汤。记忆中，天寒地冻的夜里，我和父亲看完电影出来，眼前就是那家临街的小店，门口架着一口大铁锅，锅子下吐着红红的火苗，锅里面煮着大块的羊肉，腾出白白的热气，满街飘着带有膻味的羊肉香。我嚷着要喝羊汤。父亲答应了，给我买了一大碗，还外加了羊肉，那汤色浓白，蒜叶翠绿，肉香、蒜香，喝下去，通身暖和。我带着膻味，满足地跟父亲回家。那是我记忆中的家乡，记忆中的父亲。

我从小就黏父亲，因为妈妈在我懂事的时候就去苏州卫生学校读书了，我一直跟着父亲。父亲讲故事非常好听。他经常讲他小时候如何逮火赤炼、土灰蛇的故事，讲抗日战争期间家人逃难以及他趁夜色返家探听虚实的历险故事。父亲的口哨吹得特别悦耳，琵琶弹得非常好听。父亲还会给我们表演小魔术，明明那个硬币在他手上的，怎么吹口气，那硬币竟然跑到我对面那高高的茶几上了呢？

儿时的我（前站立者），与父母、弟弟摄于江阴中山公园

我（后排右一）与三个弟弟1969年12月底摄于江阴县澄江镇西大街6号。几天后，我随父亲下放农村

父亲也很严厉。小学一年级，父亲就教我练毛笔字，起笔，落笔，横竖撇捺，点折顿勾，要求很严。记得有次练字练得很晚，我嚷着要睡觉，父亲就是不让，要我反复写"听毛主席话，跟共产党走"几个大字。后来我们小学同学去公园看菊花展览，我的那些字竟然被装裱好，挂在长廊的墙上了。

小学一年级，父亲就教我练毛笔字，起笔、落笔、横竖撇捺，点折顿勾，要求很严（图为我 7 岁时写的毛笔字）。

我从小就黏父亲……父亲早年毕业于苏州美术专科学校，后来执教于老家的中学，并当上了校长（图为父亲为我抄写的论文及题写的论文题目）

父亲早年毕业于苏州美术专科学校，后来执教于老家的中学，并当上了校长。"文革"中，父亲被冲击，下放农村，把我和二弟带去了，一去就是3年。后来，父亲回城，我们也接到可以随着回城的通知，但已经是截止办手续日期的最后两天了！我们下放的乡村离开县城还有好几十里地，那时没有公路，只有搭机动轮船到一个小镇再转坐汽车。轮船每天只有一班，偏偏那天没有赶上，父亲连夜步行回城迁我们的粮油关系。那些日子春雨连绵不断，苏南农村的小路泥泞滑溜，父亲回到城里时，成了个泥人。后来母亲常说，再晚几个小时，你就无法返城了！她心有余悸。

我考南京中医学院研究生，父亲很支持。我考上的消息，是父母亲帮我去县教育局询问得知的。那天，父亲还少有地和我开了个玩笑。刚一进门，他就说："哎呀，你还没有消息！"但一旁的母亲却憋不住开心地笑了，父亲也笑了。

我记着父亲那天的笑貌，更记得他后来训斥我的话音。那是我读研究生的第一个暑假，我与未婚妻情意缠绵，很少看书，到将返校时，我还是恋恋不舍。在送我去车站的路上，父亲厉声呵斥道："你不要英雄气短，儿女情长！"一句话，如当头棒喝，让我从情感中脱身而出，从而奋发读书。那个学期，是我读书最多的日子，笔记做了一大摞。

在日本期间，父亲给我写过几封信，其中有封是用毛笔写的，几纸秀丽的行书。父亲在信上说县城的面貌大变了，大家都在争创"全国爱国卫生城"。他还告诉我，他工作很忙，还要连任党派的主委等。最后，他要我学成即回国。他说："不要忘记，你姓黄！"我是1989年"六四"政治风波后出去的第一批进修生，国家教委对我们要求很严，护照两年有效，限出入国境1次，不能在外逗留，不能读学位。及时回国，是政治坚定的表现。父亲担心我逗留日本不归。我懂他的心。

我也想母亲。母亲最早是老家镇医院的护士，后来再去读了卫生学校，毕业后分配到县城的卫生学校当老师，教微生物寄生虫学。我小时候去她的教学实验室，房间里许多玻璃瓶、玻璃管，最有意思的是从显微镜里看从癞蛤蟆体内抽出的扭动的"小虫"。我小学二年级的时候，父亲去省城学习，我就和母亲在一起。那时候，卫生学校就在县医院里，我也经常在弥漫着来苏尔气味的医院里玩耍。有次，不甘寂寞的我闭着眼睛走路，不料掉进了路旁的窨井里，是一位进修医生将我拽出来的。寒冷、惊恐、流血、注射破伤风针，以及母亲紧张的神情，医院医生们的安抚，还在我的记忆中。

1966 年初夏，江阴实验小学毛泽东思想宣传队合影（第一排右三是我，摄于江阴中山公园）

1973 年文林中学宣传队员合影（后排右三是我）

　　我走上中医之路，是母亲的决策。本来我是要去县城的纺织器材厂当工人的，后来母亲打听到卫生局有中医学徒班，便托人将我的表格从工厂转到了卫生局。她说当中医好。她虽然是学西医的，但对针灸、推拿等很感兴趣。

那个年代，医院要求西医学习中医，她学得很认真。母亲用耳针放血治好了我的麦粒肿，还尝试用耳压疗法治疗我的近视眼。我学中医后不久，母亲工作的卫生学校让我去帮忙刻钢板，是好几本讲义。铁笔、蜡纸，每天伏案，一笔一划，发出丝丝地响。这也是我学中医的序曲吧。说实话，接触中医之前，现代医学的东西还是先入我心了。家里那本《赤脚医生手册》是母亲的工具书，也是我常常翻阅的。

母亲聪明好学。她没有上满初中就辍学了，当年考卫生学校，数学试卷的不少试题是用算术的方法求解的。20世纪70年代，她还去南通医学院进修药理学，还恶补了英语。她是班上最老的学生，但也是最用功的学生。母亲也是我们的家庭医生。我们的发烧腹泻，都是母亲给治的。她还成功地救治了小弟弟的急性中毒性细菌性痢疾，那年夏秋之交，小弟突然昏睡，三弟深夜奔到医院去喊母亲，母亲将小弟抱到医院，随即给他输液注射，一直忙到天亮，小弟才脱离险境。

我在日本最难熬的是寂寞。每天回宿舍的第一个动作，就是开邮箱，盼望家里来信，哪怕是只言片语。妻子一般每周给我写一封信。她是口腔科医生，人很善良，干事麻利干脆，就如她拔牙一样；但有时也细致入微，极富

妻子一般每周给我写一封信，她是口腔科医生，人很善良，干事麻利干脆

耐心，又像她补牙正畸一般。职业的不同，我们有时也会发生冲突。比如对拔牙的态度，她极力主张及时拔去病牙，以消除感染灶，而我则认为人的所有器官部件均有功能，顺其自然为好。再者，拔去了，就没有了。妻子也喜欢服用中药，她常发支气管哮喘，我在她身上摸索出不少用中药平喘的经验。有次，我给她用了麻黄，结果她心慌难受了半天。后来，我改用桂枝甘草汤，气立平。那时，就有了"麻黄体质""桂枝体质"的想法。现在她经常说："我是黄煌的试验品！"一脸的骄傲和得意。

1990年的除夕夜，我守在公用电话机旁给老家打电话，就是打不通，因为那个时刻，几乎所有在日本的中国留学生和华侨都在拨打中国电话，海底电缆里的信号都满满当当了！等了许久，电话通了，父亲、母亲、妻子、儿子的声音是那么清晰，就在身边，但无法相见。我非常想吃父亲做的咸肉、爝鸡，想吃喷香扑鼻的肉皮、肉丸，想喝微苦而酒味醇厚的黑杜酒。身居异国，这种欲望更加强烈。我的味觉是父母亲教的，我的成就感、幸福感是中国式的，我所从事的中医事业之根是系在中国的。我离不开中国。其实，父亲的担心是不必要的，他应该知道，他的儿子永远是个中国人！

梦里故乡

记忆中的故乡，是那条大河。大河穿镇而过，连接太湖和长江。河边是鳞次栉比的住家，推窗临河，还有自家的码头，从厨房就可以到河边淘米、洗菜、挑水

　　记忆中的故乡，是那条笔直的小镇石板路。路两边是密密匝匝的店铺，有飘着肉香的熟食店，我曾面对着那红烧蹄髈发呆；还有一家南货店，我常在那里买梅片和甘草橄榄。石板路的深处，是个广场，大家叫它"典当场"或"小菜场"。每天早晨，这里最热闹，买菜的、卖菜的，

人头攒动。这里东西也最多，有活蹦乱跳的大青虾，有刚出水的白鱼、鳜鱼，有水灵灵的红菱、茭白……我印象最深的，是春天老农民来摆的瓜秧摊，各种我说不上名的瓜秧，嫩嫩的，肥肥的，翠绿地码在用稻草编成的方形框架里，从湿湿的黑黑的稻草灰里苗壮地伸出来。我喜欢这种具有生命力的苗苗。

记忆中的故乡，是那条大河。大河穿镇而过，连接太湖和长江。河边是鳞次栉比的住家，推窗临河，还有自家的码头，从厨房就可以到河边淘米、洗菜、挑水。每天傍晚，来自无锡的班船到了，呜呜——，听到汽笛长鸣，我们就会奔到高高的石桥上，看那轮船缓缓地开进那弯弯的桥洞，又缓缓地出来。大河也是孩子们玩耍的地方，游泳，跳水，钓鱼……大河里有很多鱼，那是一种叫"窜条"的小鱼，细长而扁扁的身子，游速极快。我经常在河边钓这种鱼，用浮钩，青虫、苍蝇为饵，鱼竿细长，迅速地抛出，又快快地收回。那小鱼上钩后，随着鱼线，在阳光下闪出一道弧形银光，然后在大家的雀跃声中落在手中。那种愉悦感，至今犹存。

记忆中的故乡，还是那个深宅大院。老宅坐东朝西，共五进，每进是四合院，天井，厢房。我家在后面一进，要穿过长长的幽暗的弄堂，我们小孩子喜欢在那里玩"摸

记忆中的故乡，还是那个深宅大院。老宅坐东朝西，共五进，每进是四合院、天井、厢房……

猫猫"。老宅是曾祖父当年置下的家产，他曾经是药店的小伙计，因人勤快，后被经常来店歇息聊天的一位骨伤科医生收为徒弟。据说教的第一招是脱臼复位，老先生忽然将曾祖父的肩关节猛一拽，上臂便动弹不得，又听"咔"的一声，关节复位。从此，曾祖父就开始了学医之路。后来他成了地方上的名医，诊室名"育德堂"。上次回老家，老宅已经拆成废墟，但我居然找到了那块"育德堂黄宅"的石碑。曾祖父有三个儿子，大儿子继承父业，那是我的伯公；二儿子经商，那是我的祖父。我的书房里有一套《本草纲目》的线装书，上有"祖传遗物，概不外借"四字，那是继承伯公医业的堂伯送给我的。他是老家的中医，但也通西医，记得他经常背个药箱出诊，他会打针。有次，

已经是龙钟的堂伯送我两本书，那是 20 世纪 20 年代出版
的《皇汉医学》。

我的书房里有一套《本草纲目》的线装书，上有"祖传遗物，概不外借"四字，
那是继承伯公医业的堂伯送给我的

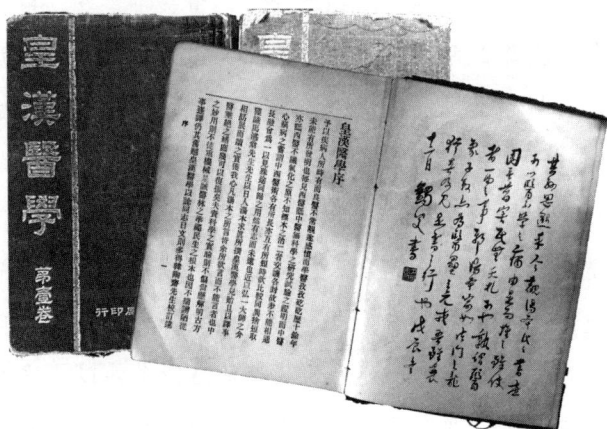

有次，已经是龙钟的堂伯送我两本书，那是 20 世纪 20 年代出版的《皇汉医学》

7岁那年，我跟随父亲工作调动来到县城。记忆中的县城，是那个至今还矗立的残塔。那是座砖制古塔，很高，塔顶已经秃了，长着几株小树，有两只老鹰经常在那里盘旋。县城不大，虽然当年的城墙已经拆除，但人们心里的城墙和护城河依旧。还是东门、南门、西门、北门这么称呼。城里的主干道是条石头路，名人民路。一条内城河在城中蜿蜒流过，河上跨着几座石桥，有虹桥、方桥、安利桥、文亨桥……桥旁店铺林立，十分繁华。城里分布了很多大街深巷，如司马街、西大街、东横街、西横街、小庙巷、青果巷、大毗巷、小塔巷……小城静谧而安宁。

故乡的民风淳朴而民性刚烈。小时候就听老人讲过去抗清的故事。说当年清军大举南下，连克扬州、镇江、南京、常州、苏州等地，所到之处，"留头不留发，留发不留头"。清军此举，激起故乡士民义愤，在典史阎应元等领导下，城乡义民浴血反击，誓死不降，遂成江南孤城。清军24万人围城，小小城池坚守九九八十一天，清军三王十八将七万四千兵竟然死于城下。最后，弹尽粮绝，城破。清军屠城，见人就杀，血流成河。城中人除被屠杀以外，投河、跳井、上吊、自刎的也很多。中山公园后有口四眼井，据说当年女子列为四队，朝着四个井口，挨个投井，很快填满。阎应元自杀未成，被捕，关押于城内的十方庵，他坚强不屈，一夜骂声不绝，终遭毒手。这就是后来政府归纳家乡精神——"人心齐，民性刚"的历史渊源。

　　小时候常去的地方，一处是城中心的中山公园，因当年孙中山先生来这里而命名,公园里还有一个中山纪念碑。另一处是城北的君山和黄山，两山均为纪念战国时代春申君黄歇而名。登君山就可以眺望北边的长江，游黄山可以看当年长江要塞的炮台。登山可以远眺，眼前的老城都是星如棋布的民居，还有许多水塘镶嵌其中，在阳光下闪着银光。再有就是县城的中学，那是父亲工作的地方。这里是城里的孔庙，大成殿、明伦堂、泮池三桥，透出古色与古香。只是当年不懂其中内涵，只晓得校园内绿树成荫，有参天的古树，也有灌木丛。冬天，我在校园西边的土山上挖茅根，晒太阳；春天，我在古树下用弹弓打麻雀；秋天，在石桥的池子里钓鱼，最有意思的是夏天，我经常去树丛里捡知了壳，把它用线穿成一串串，拿到药店里去卖，那是中药，名蝉蜕。那家药店在城中大街上，名红旗药店。店面不小，一进去那股特殊的清香扑鼻而来，这是一种似乎很熟悉，但又陌生，充满神秘感的气息，和母亲工作的县人民医院的急诊室弥漫的来苏尔味道截然不同。药店橱窗里也摆着许多需要收购的药材，如龟板、甲鱼壳、乌梢蛇、地鳖虫、冬瓜子、橘子皮、鸡内金、金银花等。药店大门口还有好多大竹匾，里面晒着许多叫不出名的药材。药店里有高高的柜台，里面有很多的格斗，格斗上有许多坛坛罐罐；药店里的人很忙碌，厅堂里不时传出"乒乒乓乓"的冲捣声，或者是"齐齐擦擦"的锅铲碰击声，那是药工在捣药和炒药。我常去药店，去讨要白及，那是一种中药，也是我粘贴竹笛笛膜的好材料。后来才知道，那药店竟然是著名的百年老店"致和堂"，是清末名医柳宝诒创办的。

故乡出名中医，这是学中医之后才知道的。这个濒临长江的小地方，方圆几十里，从明末以来，名医辈出。清代乾隆嘉庆年间，县城的东乡龙山砂山一带，有戚云门、王钟岳、贡一帆、孙御千、戚金泉、叶德培、姜学山、姜恒斋八家，有人将其医案汇编，名《龙砂八家医案》，收入《珍本医书集成》中。晚清以来，习医者众，盛名者更多。就其特色而言，有温病派、伤寒派、经方派之分。温病派首推东乡周庄的柳宝诒先生，他擅用六经辨证，主张伏气温病学说，创助阴托邪法。伤寒派以南乡凤戈庄的朱少鸿、朱莘农为代表，他们以治伤寒名时，创立"咽诊法"与"脐诊法"，强调辨体，擅用伤寒大方起危症，如用当归四逆汤合黑锡丹治曹某之阴寒头痛、用犀角地黄汤加别直参治史某之丹痧不回、用参茸四逆汤合麻附细辛治郐某之迟脉虚脱等，起死回生，至今为乡人所乐道。经方派是曹颖甫先生，他力主经方大剂，用麻黄汤、桂枝汤，不加不减，悉依仲景原文，在上个世纪初叶，曹公如此胆识，确实让后人钦佩!

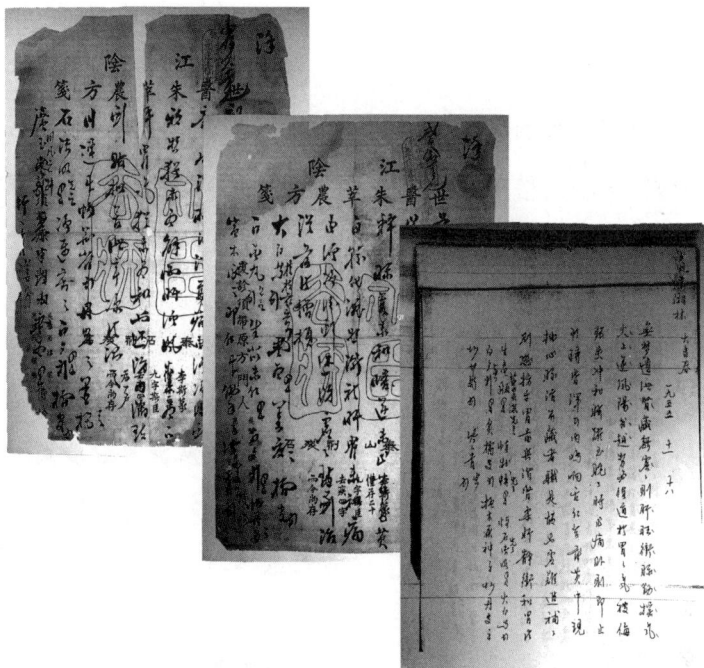

伤寒派以南乡凤戈庄的朱少鸿、朱莘农为代表。他们以治伤寒名噪一时,创立"咽诊法"与"脐诊法",强调辨体,擅用伤寒大方起危症(图为朱莘农的墨迹和医案)

　　故乡中医还重视教育。当年柳宝诒先生热心课徒,他培养了上百名学生,分布江浙。他编辑的《柳选四家医案》,风行海内,是当时习医者的重要参考书。朱少鸿、朱莘农兄弟俩也热心带教,入其门者数十人,家乡的许多名中医大多出自朱门。承淡安先生,一生致力于复兴针灸医术,创办针灸研究社,编写讲义,进行针灸函授教学,后任江苏省中医学校（南京中医学院的前身）校长。1955 年，他当选为中国第一代科学院学部委员，也就是今天的两院院士。承淡安先生可谓是现代针灸教父。

更令我敬仰的，还不仅仅是各位名医的医术，而是他们的医德和人格魅力。柳宝诒先生一生儒雅爱民，深受百姓爱戴，方圆数十里内皆呼其为"冠先生"。据说他逝世时，哭声遍及乡里。朱莘农先生行医数十年，谦逊仁慈。当年锡、澄两地城乡每逢夏令，均设免费施药所，朱莘农先生则放弃个人业务收入，有聘必应，逢期必到。四乡闻名就诊者，每期常达一二百号，先生往往从清晨应诊到深夜，有时还通宵达旦，但始终一一细心诊治，毫无倦容。如此者十天中常有三四天，为期总要两月有余。

先贤的仁慈让人感动，先贤的刚烈则让人肃然起敬。1937 年"八一三"事变后，在上海教书的曹颖甫先生携家属返澄。12 月 7 日，日军在城内肆虐，一妇女被追逃到曹家，先生闻声拄杖而出，痛斥日军暴行，被当场刀捅，次日牺牲。夏子谦，东乡名医，性也刚烈。县城沦陷时期，百姓进城要向城门口日寇行鞠躬礼，先生深以为耻而订规矩"出诊不进城"。8 年中间，先生出诊只到城门外，城内人虽高其诊金，他也不应丝毫。

曹颖甫先生力主经方大剂，用麻黄汤、桂枝汤不加不减，悉依仲景原文，在上个世纪初叶，曹公如此胆识，确实让后人钦佩！（上图为江阴市中医史陈列馆内的曹颖甫先生塑像，下图为 2008 年 11 月 8 日与经方爱好者们在曹颖甫故居前合影留念）

离开故乡已经 30 年了，但我的心一直和故乡在一起。无论走到哪里，梦里的故乡都伴随着我，给我温馨，给我安宁；而故乡的名医们，他们的人生故事，他们的思想和经验，也一直伴随着我，给我智慧，给我方向，给我力量。

无论走到哪里，梦里的故乡，都伴随着我，给我温馨，给我安宁

回国前后

京都的秋天很美。东山层林尽染，红的如火，黄的如金，绿的如玉。古朴宁静的真如寺、南禅寺掩映在树林之中，比画还美。

秋天到了，我也将回国了。

1990年的10月，是我在日本最繁忙的一个月。除了去东京出席国际东洋医学会第六届年会，还有频繁的讲学、会诊、参观以及聚会。要回国了，朋友们希望我多看看，多拍点照片，把京都带回南京。一天，我去京都南边的宇治市，为京都护理协会讲药膳，宽阔清澈的宇治川就在会议室的窗外。傍晚，河面上停着几条小渔船，渔火点点，船头停歇着好多只黑色的鸬鹚。已经过了中秋，月亮依旧明亮如银地挂在半空。我在河边走着，想起了故乡的大渠河，还有南京的秦淮河，不觉归心如箭。

我从日本给家乡带了份大礼包——"扬子江之鱼美食

团",一个庞大的旅游团。我的老家紧靠长江,盛产江鲜。每年早春,刀鱼上市,银白色,形如刀,多蒸食,味极鲜美。到了初夏,长江鲥鱼肥美多脂,红烧清蒸均可。秋天有螃蟹,冬天有鳗鱼。家乡到处是湖滨河沟,一年四季水产丰富,有回鱼、白鱼、鳜鱼、鲫鱼……我在和武田先生讲药膳时,常常谈到家乡的鱼。有一天,武田先生告诉我,他将组织他的朋友去苏南,去尝尝黄先生家乡的鱼!

家乡到处是湖滨河沟,一年四季水产丰富,有回鱼、白鱼、鳜鱼、鲫鱼……

11月5日,我离开京都回国,40多位日本朋友随行。回家的兴奋中还带着骄傲,我希望日本朋友能分享我家乡的美!飞机从大阪起飞,两个多小时就降落在上海虹桥机场。忙乱地出关过后，终于走出嘈杂和混乱的机场。那天是阴天，天空灰蒙蒙的，空气干燥且多灰。车在城郊接合部的道路上走走停停，两旁尽是破旧落满尘土的房子。我的心开始有点隐痛，甚至有点后悔，悔不该带日本朋友来中国。祖国和日本的反差竟然如此强烈！

我从日本给家乡带了份大礼包——"扬子江之鱼美食团"，一个庞大的旅游团（1990年与扬子江之鱼美食团摄于江阴黄山要塞炮台）

　　更让人尴尬的还在后面。那时没有高速公路，旅游公司的一辆黄河大巴也没有车内厕所，拥挤不堪的312国道上没有休息处，大家好容易憋到无锡的美丽都大酒店，才解决了内急之苦。从无锡出发，又走了近两小时的夜路，才到县城。宾馆是当时县里最好的，不过服务依然落后，游客自己搬运行李箱，年轻的服务员们袖手旁观。入住不久，就有旅客反映房间空调不制暖，抽水马桶流水不息。

我那时的心情非常糟糕。

但家乡人的好客，浓浓的人情冲走了我心头的不快。我的父亲来了，县里外事部门的领导来了，县烹饪界的仰会长、烹饪学校的杨老师等友人来了。县烹饪协会的专家为客人准备了丰盛且富有情意的扬子江鱼宴。菜肴很多，许多名称我记不得了，只记得有个菜很有创意：大闸蟹剔出了白嫩的蟹肉放入蟹壳，蟹壳拼成了中日两国的地图，菜名叫做"一衣带水"。许多日本朋友眼睛红了，报以热烈的掌声。那天的长江回鱼很入味，肥滑酱亮，鲜甜爽口，还有鳗鱼，是清蒸的，比日本的烤鳗鱼更鲜美。那天的酒，是家乡的黑杜酒，那是一种用米酿的色酒，有些浑，入口醇香味厚。也许是大家已经肚子空空，也许因为是异国他乡的味道，大家食欲极好。武田先生脸红了，武田夫人的脸也红了。笑声、掌声、闪光、灯光，酒香、鱼香、中国话、日本话，让宴会大厅充满了温暖，充满了人情味。

第二站是无锡。大家在太湖边品尝了太湖银鱼、白虾和鳜鱼，在惠山下游了寄畅园，武田夫人还灌了满满一壶天下第二泉的水，说带回去泡普洱茶。第三站是常熟，在阳澄湖边吃刚出水的金毛清壳大蟹，蟹黄高突，脂白膏肥；看满眼的芦苇荡，望不到边的阳澄湖。这次苏南之行，我虽很累，心里却是非常高兴。我推介了家乡，我希望我的家乡得到异国朋友的欣赏和尊重。确实，武田先生十分高兴，以后又连续组织了两次扬子江之鱼美食旅游活动。

南京中医学院依然宁静，一切如故。

我给学校带回两份礼包。一份是我在第六届国际东洋学术会议上获得的优秀论文会长奖。这是大会最高的奖励，仅仅四个人获得。对这份礼物，校方表现得十分平静。另一份，是我请村井先生为在南京举办的全国养生康复专业培训班讲课。先生欣然应允我的邀请，专门准备了厚厚一叠讲稿，由我翻成中文，这就是《老年医学概论》。

送走扬子江美食团后没几天，就迎来了村井教授及夫人。村井教授讲了3天，我全程陪同并任翻译。第一次担任即席口译，深感翻译工作不易。必须全神贯注，完全吃透教授每句话的意思，表达也必须精

送走扬子江美食团后没几天，就迎来了村井教授及夫人（1990年陪同村井先生游苏州枫桥）

准到位。幸好我进修过老年医学，也比较熟悉村井先生的思路；再有，先生的口齿也非常清楚。3天的翻译完成得还比较轻松。记得那几天正值寒流到达南京，气温骤降，我和村井教授开始还穿着衬衫，系着领带，外套西装，显然不符合国情，在没有空调的教室，还是厚厚的棉袄带来的温度更实惠。

在上海机场送别村井先生，我来到上海火车站。去南京的车票非常难买，我从黄牛手里高价买了1张。车厢十分拥挤，连过道、车厢连接处也挤满了人，满地的瓜子壳、果皮，地上黏糊糊，空气十分混浊。车速很慢，咣当咣当，晃了好久才到南京。

过马路时，人流如织，红灯亮了，我本能地停止脚步，但招来很多好奇的目光。我这时意识到：我回国了！

学报编辑部办公室已经搬到学校校园最里面的一个角落，阴暗，狭小。我的工作没有调整，依然坐在编辑部那张小桌前。但是，我已经不再是一年前的我了。出国归来的我，眼界已经打开，心思也已经改变，我的心里已经有了一块充满阳光的芳草地。

省中医院的名医们

出南京中医学院的大门左拐步行10分钟，便是江苏省中医院，也是学院的附属医院。医院最早的门诊楼是座八字形的3层老楼，灰白色的墙壁，两扇大门是铁的，正对着汉中路与莫愁路的东北交叉口，紧靠南京繁华的商业区新街口。20世纪80年代后期，国家给了一笔钱，据说两千多万，就拆除了老楼，竖起了18层的新大楼，大门改在汉中路上，朝北开了。医院占地不大，院里没有绿地，但大门口的道路旁是密密匝匝的法国梧桐树，犹如绿色的隧道，盛夏走在路上，给人无比的荫凉。我研究生毕业留校工作以后，每周在省中医院上1～2次普通内科门诊。

江苏省中医院始建于1954年，第一任院长是经方家叶橘泉先生。他曾是中国科学院的学部委员，也就是今天的院士；他还是一位药物学家，曾任南京药学院的副院长。"文革"后期，我家有本《食物中药与便方》的小册子，就是叶橘泉先生在"五七干校"边劳动边思考的作品。那个时候，新书奇缺，这本专讲食疗的生活类小册子一出版，自然洛阳纸贵，人们竞相阅读。我也是在那个时候，记住了先生的大名。到南京以后，我才知道先生还是一位被人遗忘的经方临床家。他在20世纪30年代就极力推崇经方，强调古方今用，同时，将日本汉方的许多思想和研究方法引入中国。他撰写了《现代实用中药》《近世内科中医处方集》《近世妇科中医处方集》《古方临床运用》等具有新意的经方专著，其学术思想与日本汉方家大塚敬节、矢数道明先生等十分相似。但令人惋惜的是，50年代以后，先生关于改进中医的学术主张一直没被中医界重视，先生推广经方、普及经方的声音也沉寂了。直到80年代末期，我偶然在一家境外中医刊物上才看到一篇先生关于方证相应的文章。先生身材魁梧，相貌堂堂，书法遒劲有力，文章思路清晰，是中医界一位难得的高人！只是我没有当面聆听过先生教诲，成为终身遗憾！

副院长马泽人先生来自江阴。他是孟河名医马培之的后人，擅长内科杂病的调治。传说当年江苏省省长陈光失眠，请他开方，方中竟有虎睛一对！为此，"文革"中被批斗致死，死后葬身之地也被平为水田。

副院长邹云翔先生，无锡名医。抗战期间，他曾在重庆为中共高级干部治愈肾病，新中国成立后，在北京高层中很有名声。他的方，药物虽多，但法度清晰。他以治疗肾病名世，其治疗肾病的思路，承袭其祖师孟河名家费伯雄治疗虚劳病的风格。他温文尔雅，不求急功，但求缓效。读研究生时，我没有能听到先生的授课，但心向往之。听同窗熊宁宁说，那年他将我们研究生毕业论文集给导师过目时，先生竟然细细阅读了我的论文——《孟河医派的形成与发展》。这件事让我感动至今。

内科主任张泽生先生，是丹阳名医贺季衡先生的弟子，而季衡先生又是孟河名医马培之的高足。张泽生先生的医名很大，尤以善治温热时病和疑难杂症著称，后医院分科，遂以消化系统疾病为专科。从医案看，先生用药切实有根，临床思路灵活多变，功底很深。他有弟子张继泽、单兆伟、邵荣世等人，也均是当今名医了。我只见过先生一面，那是在1981年，我为收集孟河医学的资料去拜访他。那是一位慈祥和蔼的老人，微微发胖，因年事已高，话语已经不多。先生有不少好方。《名老中医医话》中记载了张老的一首头痛验方：用川草乌各6g（病重者生用，轻者用制品），白芷18g，僵蚕18g，生甘草9g，研细末，分6包，每日1包，饭后清茶调服。张老曾治此类头痛10余人，诸药未效，投予上方1~2剂即愈。我听南京中医药大学的许济群先生说过，张老治疗咳喘，也常用麻黄煮豆腐或蒸梨，方小，但效果很灵。

外科主任是许履和先生，当年随江阴朱少鸿先生学过内科。因是家乡前辈，我曾拜访过先生。他修长清癯，善谈，喜欢收集单方验方。他和我谈过用牵牛子治疗肠梗阻的方子，是用黑白牵牛子炒黄研粉，用开水调服，可得畅利。此经验得之于一位木匠师傅。许履和先生喜欢收集医史文物。他曾经让我看他收藏的朱少鸿先生的方签：毛笔写就，飘逸的行楷，有脉案，有方药，经过精心装裱，是不可多得的医史文物。先生外科极佳，不仅擅长外治，更擅长内治，有其弟子徐福松主任整理的《许履和外科医案》为证。当今如此纯正的中医外科医生，不多啊！

儿科主任是江育仁先生，上海儿科大家徐小圃的弟子。先生个子中等，微胖，说一口浓浓的常熟方言。他治疗儿科病经验丰富。治重症肺炎，既用麻黄、杏仁、厚朴等宣肺化痰，又擅用人参、附子、桂枝等回阳固脱；治小儿腹泻、消化不良、厌食，擅用苍术、山楂、炮姜运脾消积；治疗小儿癫痫，擅用全蝎、蜈蚣、龙胆草、胆星、天竺黄定风化痰等。先生的奇方异法也很多。曾治疗一神经母细胞瘤的婴儿，已经肝脏转移，他用穿山甲片、丹参、郁金等量为末，服用1年多，竟然痊愈。又治疗一孩子的神经症，久治不愈，先生有意大动干戈，组织会诊，让患儿确信诊断，并给服葡萄糖粉胶囊，果然一药而愈。江先生还积极参政议政。他在任江苏省人大常委会委员和教科文卫委员会委员期间，为江苏中医工作多处奔走呼吁，在全省影响极大。先生晚年虽然身患绝症，但意志坚强，登黄山，练书法。他是一位可敬的中医老人。

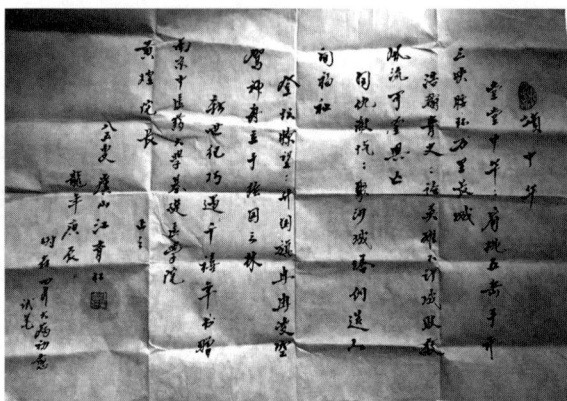

儿科主任是江育仁先生，上海儿科大家徐小圃的弟子，先生个子中等，微胖，说一口浓浓的常熟方言（图为江先生的墨宝）

省中医院还有很多从各地选拔来的名医高手，如针灸科主任邱茂良，是针灸学家承淡安的高足；呼吸科曹鸣高先生，是清末御医曹沧州的后裔；还有如眼科童保麟、耳鼻喉科干祖望等先生，都是医院的"开国元勋"。20世纪50年代末，又有一大批年轻的中医进入医院，如周仲瑛、徐景藩、夏桂成、汪履秋、李石青、张继泽、刘再朋、朱秉宜、诸方受、盛灿若、施震、吴旭、严明、邹燕勤等，他们后来均成为国内、省内著名的中医。

夏桂成先生来自我的家乡。他早年曾师从夏奕钧先生，后外出读书，毕业后进入省中医院从事妇科临床。桂成先生人很精神，眼光炯炯，乡音很浓，音声高亢。他亲切地叫我"wangwang"，苏南人"黄""王"的发音是不分的。先生非常聪明。20世纪70年代末期，先生就利用女性基础体温的各种类型来指导遣方用药；80年代以后，先生又结合易学中的太极、八卦、子午流注等形成了"生殖、生理中的圆运动生物钟节律"及"3、5、7奇数律的推导法"，形成了具有特色的调理月经周期法，治疗不孕症很有效果，人称"送子观音"。每次门诊，门庭若市，一号难求。桂成先生很重情，每次遇到我，都要询问夏奕钧先生的身体状况。有次，我告诉他夏奕钧先生已经痴呆的消息以后，他长长地叹了口气，许久没有说话。据说，他不久就去江阴看老人家了。桂成先生很钟爱临床，多年来从未脱离诊室，他也一直关照我别放弃临床，他说中医必须要看病。桂成先生是江阴人的骄傲，是我的榜样！

汪履秋先生高度近视，带一副黑框眼镜，厚厚的镜片里有一双智慧的眼睛。他极力主张中医要熟读《内经》《伤寒论》《金匮要略》《温病条辨》《温热经纬》等书；他在查房时常常大段背诵经典条文，学生们对此都十分敬畏。汪老擅长治疗内科各种疑难大症，特别是发热性疾病、风湿性疾病、糖尿病等。1995年，我受江苏省中医药管理局委托开展名中医学术经验调查，汪老亲笔填写问卷，介绍了自己的加减痛风方、二地降糖饮等五首经验方。汪老擅用麻黄、桂枝、乌头、黄连等，药虽峻烈，但用心却极细。他说曾治疗一例类风湿性关节炎患者，因剧痛而用乌头，由于药房粗心未能先煎，服后不久患者血压下降、心跳加快，瞳孔散大，所幸抢救及时，终于转危为安。有意思的是，患者的剧痛也就此告止。他告诫学生用乌头要先煎，并要配合甘草以减毒增效。汪老还特别推崇其家乡兴化的清代名医赵海仙，对其《医学指归》和《寿石轩医案》颇有研究。汪老的医学源于仲景，而取法后世各家，理法兼备，细腻而不浮华，功力极深，是不可多得的真中医！

徐景藩先生个头不高，慈眉善目。他是吴江盛泽人，说一口有普通话味的苏州方言。我读研究生时，曾听过先生的课。他讲《金匮要略》中的半夏麻黄丸可治疗心动过缓，我的印象很深，因为那经典方证仅仅是短短的"心下悸"三个字，没有他点拨，还真摸不着北。后来，我又将此经验介绍给日本的中田敬吾先生。去年在东京见面，他又谈到此方，说对心动过缓确实有效。徐老出生中医世家，先在家乡学医，后去北京医学院学习西医，是少有的中医学西医的高级人才。徐老为人很低调，勤勤恳恳当医生。"文革"中，人家激情满怀去造反，他就坚守急诊室。夜深了，他在煤炉上面熬锅米粥，既能当夜宵，也当急救

204

药。有些低血糖病人来，先生就喂几口热粥，病人立醒；风寒吐泻病人来，递上小碗糜粥，既能暖身，更暖人心。事情虽小，由此可见徐老的为人与医德。徐老获得过许多殊荣，如全国白求恩奖章、全国卫生系统先进工作者，尤其被国家人力资源和社会保障部、卫生部和国家中医药管理局评为首届"国医大师"，但徐老依然是那个和蔼的老中医。徐老对后学十分提携，遇到我经常是鼓励我。他表扬过我的书法，称赞过我的文章；他特别称赞《张仲景50味药证》，说研究得深，是真学问。徐老的褒奖，是我奋斗的动力。我从心里感激这位中医老人。

对周仲瑛先生的敬仰，早在我当中医学徒时就开始了。那时，他关于酸甘化阴法的一篇论文，发表在《江苏医药》上，中医味特别浓郁，能开人思路，我细细读了好几遍。后来，我研究生论文答辩时，先生是答辩委员会委员，记得他问的问题是如何看待温热病中的截断治疗。那时，周仲瑛先生是省中医院的副院长，不久，先生调任南京中医学院院长。先生是我们的学术领袖。他坚持中医特色，强调临床，强调学习经典，强调在继承中发扬，为我们学校的发展付出了极大的辛劳。那时，先生是《南京中医学院学报》编委会主任，我是编辑室主任，我常向他汇报工作，也有幸经常聆听他的教诲。先生非常关心学报的质量，经常过问来稿情况。先生也是我国中医界的一员骁将。20世纪70年代末，江苏的流行性出血热十分猖獗，死亡率居高不下，省政府指示中医介入。先生临危受命，率领科研小组下疫区，根据经方桃核承气汤以及后世验方清瘟败毒饮等研制了数种中药制剂，很快解决了急性肾功能衰竭期、休克期等难题，病死率仅是1.11％，远远低于其他疗法，大长我中医志气。80年代，先生力主中医急症学，在全国率先组建了中医急难症研究室，创建了中医内科急症学科。没有临床的功力，谁敢碰急症这个硬骨头？横刀立马，唯我周老院长！90年代，有位学生患肺脓疡，高热昏迷多日，先生用中药将那位同学救了过来，此事在校园引起轰动，在大学生中反应十分强烈。8年前，"非典"肆虐，先生又指导其在广州的弟子，用中医参与治疗，取得明显效果。先生在中医处在颓势的历史时期，可谓是竭尽全力！这次他被授予"国医大师"称号，当之无愧。

江苏省中医院，是我心中的神殿。让我对这个医院心生敬仰的，不是那金灿灿的门牌，也不是那不断竖起的参天大楼，而是那里有一批热爱中医中药事业、医德高尚、身怀临床绝技的名中医们！他们是这个医院的主人，他们是这个医院的灵魂。

看神经症的启示

从日本回国不久，我就迫切地回到附属医院的门诊。因为大内科已经分蘖了，先是分心系、肝系、肾系、脾胃系、肺系，后来又有了糖尿病、甲状腺、乳房病、老年病、肿瘤科、血液科等许多专科，于是，我便改上普通门诊，看一些专科不看的疾病，其中大多是神经症和一些各科杂病。

看神经症，其实很有趣，里面的学问不少。

抑郁的病人，往往神情忧郁，脸色发青，一大堆的主诉。失眠最多见，常常是长夜绵绵，一觉难求。还有就是怕冷怕风，有的人虽然是盛夏，也要身着厚衣，衣服脱了一件又一件，里面还有个棉肚兜！他们不敢吃冷的，连苹果也必须用水泡热，否则不是腹痛，就是腹泻。前面的医生辨作阳虚，用干姜，用附子，有人附子量达数十克，也没啥感觉，真是不可思议！摸他们的脉，或弦或滑，就是没有那个脉微弱的少阴阳虚证！还有的人是说累，说没有力气，不想动，对什么都没有兴趣，没有食欲，更没有性欲；有的感到胸闷腹胀，甚至连呼吸都觉得气提不起来；有的关节疼痛，遇到天阴下雨，症状更明显，常常疑为风湿。服黄芪，服人参，吃六味地黄丸，吞补中益气丸，有的似乎有效，有的又会说吃了胀肚子。确实，看看他的神色，并不枯瘁，想想他们在你面前可以唠叨半天也毫无倦意，这气虚证也不好诊断啊！后来发现，这是郁证！要用柴胡类方，如四逆散，如柴胡加龙骨牡蛎汤。

焦虑的病人，往往神色不安，一脸的惶恐，一脸的疑惑，一脸的焦躁和急迫。他们往往要描述其疾病曾有的痛苦经历，往往场景细致，我为此常常惊叹他们的记忆力和对自觉症状的感知度。他们大多有痛苦的感受，或是突发的心悸，或是突发的眩晕，或是突发的腹痛，或是不断反复让他们焦虑不安的腹胀或头痛，或是让他们久久期盼不至的种种期待。在叙述过程中，他们的眼睛是明亮的，但又是不断飘忽的。他们往往不在意我的提问，反复地、旁若无人地、喋喋不休地唠叨着他们的痛苦。我在耐心听取诉说的时候，脑海中往往要闪现出许多方剂，但大多一一排除：要泻无实热，要补不虚羸，要清无大热，要温有内热，真是左右为难！后来，我发现，这些都是顽痰作祟！用半夏剂，或半夏厚朴汤，或温胆汤。有热者，加用栀子、连翘、黄芩。

　　这些病人很多。他们已经做了很多的检查，往往理化检查报告单一大叠，很多医生均说他们没有病，或者告知是肾虚，吓得有的人赶忙去查肾功能，结果被专科医生奚落一顿。但他们难受，他们痛苦，推门来时，无不布满愁容，但又无不充满希望。我请他们坐下，身体前倾，凝神听他们的诉说。等他们说完，我说：我是医生，我知道你们很痛苦，但你的这种痛苦往往常人无法理解啊！这个时候，不少人会眼红，会流泪，甚至会哭泣。因为他们感到委屈，他们希望有人承认他们的感觉，懂得他们的心情。我发现，能流泪的病人服药后的效果也相对明显，特别是女病人。后来我的诊台上常备有面纸，当病人流泪时，便轻轻地抽出一两张柔软的带有微微馨香的面巾纸递上。此时无声最有情。我对学生讲，这也是药。

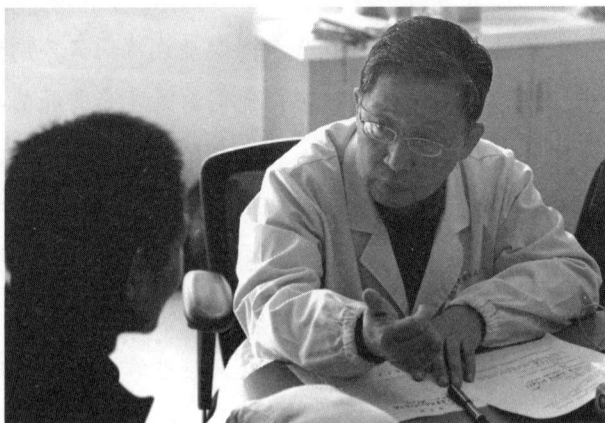

我请他们坐下，身体前倾，凝神听他们的诉说。等他们说完，我说……

　　我做心理疏导，喜欢使用日本的森田疗法。这是个具有东方智慧的心理医学流派，有很多新颖而实用的观点，其中"顺其自然，为所当为"是核心，也是我向那些神经症患者，特别是有焦虑、强迫倾向的患者经常讲述的人生道理。很多人管用。

　　有次，我接诊了一位山东患者。他经常心脏狂跳不止，送上救护车到急诊室后，症状就能缓解，心电图不知做了多少次，均无异常发现。不过症状依然如故，成天惊恐不安，结果工作也辞了，因为不敢单独在家，其妻子也只得请假在家陪他。我仔细询问病情，得知起因是一次惨烈的车祸。我和他讲了很多道理，并让他服用温胆汤、半夏厚朴汤、酸枣仁汤等方，症状有缓解。元旦时，我亲笔给他写贺年卡，上书唐诗一首："终日寻春不见春，芒鞋踏破岭头云；归来偶把梅花嗅，春在枝头已十分。"这是首哲理诗，我向他传递一个信息，那就是：你的那些心慌心悸的症状，其实是正常躯体的一种反应，是生命力旺盛的表现，不必在意，更不必为此惊恐不安，你其实是健康的！并嘱其恢复工作，大胆地回归社会。他听从我的建议，勇敢地去上班，后来成为某合资企业的一位优秀管理人员，尽管有时还有心慌，但已无大碍了。他成了我的好朋友。

　　叶天士的《临证指南医案》中有一案语：草木无情之

品，焉能治神思间病？后来觉得他说得不对，因为遣药之人若有情，草木无情也有爱。曾经遇到过一位面瘫多年久治不愈的男青年，他在南京租房求诊，希望能彻底治愈那让他自卑、让他痛苦的疾病，要从南京带回一个完美的容貌。但我知道，我能治疗的不是那偏瘫的面容，而是他的心。几次接触以后，他开始信任我，我便和他做了一次深谈，给他讲人生价值，进行心理校正。我希望他直面人生，有勇气带着那所谓的缺点走进社会、挑战人生。我告诉他，积极的进取才是消除心灵痛苦的最好良药。他静静地听着，最后，向我鞠躬后走了。我给他的处方不仅仅是那张常用的柴胡方，而且还有一张方，是我的鼓励，是我的期望。从此以后，我再没有见过他。后来，我无意中在网上发现他的博客。他说他听从了我的话，回到家乡，找到了一份网络管理员工作，还有了爱，感到很幸福。他说，很感激那位教授。

　　有的时候，我也用呵斥的办法。有次，一位身材健壮的男青年为了那所谓的肾虚证而放弃工作，到处求医问药，成天找医生诉说。我接诊以后，先细细听他诉说那些繁杂恼人的不适感。我一语不发，只是看着他，捕捉其飘忽的眼神。等他讲累以后，我突然大声说：你血气方刚，六脉调和，何虚之有？而立之年，正是男人冲锋陷阵的时候，是创业奉献的时候，大好时光，你却成天吃药，虚度光阴，你难道不感到不安？凡人均吃五谷杂粮，哪能没有一点病痛？关键是如何面对！你步步后退，再退能退到哪里去？工作已经没了，难得你还要躺到床上去吗？！他一楞，脸开始发红，额头微微冒汗，半响没有说话，他低头离开了诊室。不久，我收到了他的来信。他说，看了很多医生，从没有人骂我的，但给你这一骂，我是醍醐灌顶，清醒了。现在药也不吃了，人也精神了。这件事，让我高兴了一阵。

看神经症的过程，我悟出了一个道理：原来中医不是看人的病，而是看病的人。人，不仅仅是个高级生物，而且是一个有心理特征、有社会属性的高级生物。作为中医，必须要懂得病人心理，要学会尊重人，维护患者的尊严，治病用药必须不失人情。临床越多，阅历越深，对这个道理体会愈加感到真切。在分科越来越细的今天，这种整体的、全科的观念，对于一位医生来说，实在是太重要了！

「人」的经方

　　20世纪90年代，我沉浸在经方治病的喜悦中。除在附属医院门诊外，我还在学校的门诊部增加了门诊。临床的同时，又不断翻阅《伤寒论》《金匮要略》，细细体会经方的奥秘。我欣喜地发现，古代的经方中，很多都是对人用药的，那个人是一个活生生的生命。

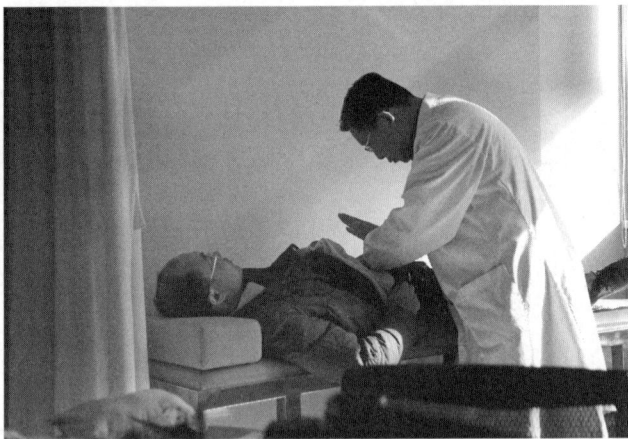

除在附属医院门诊外，我还在学校的门诊部增加了门诊

　　桂枝汤证的"气上冲"，是一种感觉的过敏，出现了

严重的搏动感、气冲感，甚至是晕厥。这种感觉，与极度虚弱、心血管系统功能紊乱等相关。桂甘龙牡汤证的"烦躁"，桂枝加龙骨牡蛎汤证的"男子失精，女子梦交"，桂枝加桂汤的"奔豚"等无不与此相关。看到这些方证，我经常想起《红楼梦》中的一位悲剧人物贾瑞，那个被王熙凤戏弄，先惊吓，继而受寒，最后失精而亡的白面书生。

小柴胡汤证的"寒热往来，胸胁苦满，默默不欲饮食"，活灵活现地再现了一位多愁善感、神情忧郁的林黛玉。她心情忽晴忽雨，感觉忽寒忽热，她胸闷如窒，频频叹气，意欲低下，或恶心呕吐，或腹胀腹痛，或发热。大柴胡汤证的"郁郁微烦"，是一种抑郁或焦虑的状态，易于发怒，易于烦躁。四逆散证的"四逆"，就是人们在心理压力过大时所致的四肢冰冷，对此，我经常想到当年京剧样板戏《红灯记》中鸠山的一句台词："血压升高，手冰凉。"

柴胡加龙骨牡蛎汤证的"胸满，烦、惊，小便不利，谵语，一身尽重，不可转侧"，很可能就是当年张仲景治疗的一位患有战争抑郁症或战争恐惧症的病案。胸满，并不是胸廓变形，而是患者自觉的胸闷、气短；烦，是焦虑，是不安，是注意力无法集中；惊，是惊恐，表现为语无伦次，惊慌失措，浑身发抖，或心悸，失眠，而且噩梦连连；

小便不利，是吓得屁滚尿流，小便失禁，或尿频；谵语，
是胡言乱语，是精神失常；一身尽重，不可转侧，更是指
在惊恐状态下的木僵，两手发抖，双脚拖行。当然，说是
抑郁症也非常相近。

　　白虎汤证的"烦渴"，是大脑中枢出现渴感异常、发
热异常、出汗异常。患者表现为烦躁不安，头痛。那时，
恰好看到一则名人趣事，说的是北洋军阀吴佩孚，牙疼甚
剧，口渴烦躁，后名医陆仲安以大剂量白虎汤立止。我眼
前浮现的是一位性格暴烈、怒目圆睁的武夫形象。

　　桃核承气汤证的"其人如狂"，是一种近乎狂躁的精
神状态，如极度烦躁，情绪改变，失眠，头痛，注意力无
法集中，思维迟钝，容易错乱等。抵挡汤证的"其人善忘"，
是指记忆力下降、失读、失忆、失语等。同样属于活血化
瘀方的桂枝茯苓丸、血府逐瘀汤等，其方证均有烦躁等精
神症状。

　　栀子厚朴汤证的"心烦腹满"，是焦虑症的失眠、不
安以及伴有的腹胀等躯体症状。黄连阿胶汤证的"心中烦，
不得卧"，寥寥数语，勾画了一位烦躁不安，颠来倒去，
无法入睡的焦虑患者。小半夏加茯苓汤的"眩悸"，半夏
厚朴汤的"咽中如有炙脔"，酸枣仁汤证的"虚烦"，还有

少阴病的"但欲寐"等，都是精神心理状态的表述。

经方原来是治人的方，许多经方均有相应的患者体质特征和心理行为特征。用好经方必须关注患者的精神心理状态，可以说是我20世纪90年代诊疗观念的一个重大转折。但要在短时间内掌握患者的精神心理状态，绝非易事。望、闻、问、切四诊必须合参，而望诊尤为重要。患者推门进来的步态动作，与你交谈时的神情，其面部表情、眼神、说话的声音和用词，常常成为我识别方证的依据。但要说清楚其中的规律，还真的不容易。古人说"望而知之者，谓之神"，说明望神最难。这种能力，是一种直觉思维，是在瞬间给你的一种感

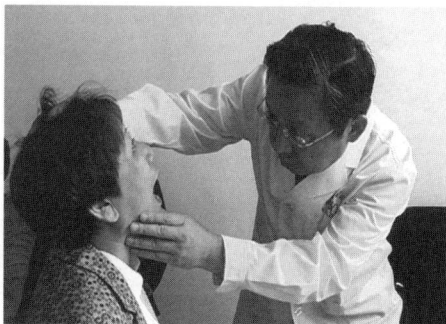

望闻问切四诊必须合参，而望诊尤为重要

觉。而这种感觉的出现，不仅需要医生以多年的社会经验和阅历为基础，还需要安静和谐的就诊环境，更需要医生良好的即时身心状态。对我来说，充足的睡眠，良好的心情，是准确快捷地通过望诊发现方证的保证。

"中医不是治人的病，而是治病的人。"这是我1996年面对江苏电视台记者采访时脱口说出的一句话。后来陈亦人先生遇到我，高兴地说："你这句话，说得好！"

冗繁削尽

"四十年来画竹枝，日间挥写夜间思。冗繁削尽留清瘦，画到生时是熟时。"这是清代书画家郑板桥的一首诗。他画的竹子，一二三根竹竿，四五六片竹叶，疏淡清瘦，竹子挺拔秀美、超尘脱俗的性格跃然纸上。这是以少胜多、执简驭繁的范例。我对这首诗中意境的理解，是20世纪90年代才开始的。

经过在国外一段时间的自由飞翔，我的思绪已经无法回到纷繁复杂、似是而非的教科书世界。90年代初，我的学术研究来了一次大转身，研究的重点集中在经方方证。我喜欢简约，喜欢实实在在的临床规矩，喜欢看得见、摸得着的医学。这个东西，就是经方的方证。

方证是简约的。中医流派虽多，辨证方法虽有六经、三焦、脏腑、气血津液、卫气营血等不同，但到最后，给病人的就是一张方，一张由若干药物组成的处方。方是中医的核心，而方前有证，此证名方证。方证是中医用方的指征和证据，是方的主治。方与证必须相应，如果说方是箭，那证就是靶，方证相应，效果就容易出来，其道理十分简单。

方证是特异性的。一个萝卜一个坑，一方有一证，方证相应，不可假借，不可替代，是唯一的。这就有利于重复验证，有利于证伪和评判。桂枝汤倍芍药，加饴糖，那就是小建中汤，其证也变化为腹中痛；桂枝汤加大黄，方名桂枝加大黄汤，其证是大实痛；而桂枝加附子，方名桂枝加附子汤，其证为汗漏不止。

方证是客观的。大柴胡汤的"按之心下满痛"；大承气汤的"不大便五六日，上至十余日"及"腹满痛"；大青龙汤的"脉浮紧"，四逆汤证的"脉微欲绝"，真武汤证的"身𰁖动，振振欲擗地"等，都是可见可摸的。《伤寒论》《金匮要略》中所描述的"尊荣人""失精家""羸人"等，将方证说得更具体、更客观。

方证是定法，是规则。方证所反映的是人体在疾病过程中的反应状态。几万年来，尽管疾病谱发生了很大的变化，但人类的基因没有变化，人体在疾病过程中的反应方式没有变化，所以，按照前人发现的这些方证给以相应的方药，疗效依然明显。清代医学家徐灵胎有句话："方之治病有定，而病之变迁无定，知其一定之治，随其病之千变万化，而应用不爽。"说的就是这个道理。

有了方证，无需繁杂的理法解释，也没有空泛的病因病机，还没有《伤寒论》是治外感还是内伤的争论。有是证，用是方，成为我临床用药的原则。按此思路治疗，其疗效常常出人意料。

白虎汤是《伤寒论》中治疗发热性疾病的方，其方证的特征为烦渴。我据此治疗过子宫出血：1995年春夏之交的一个上午，办公室突然来了一对中年男女，男的背着一个面色苍白的少女，女的一见到我便屈膝跪下，哭着让我救她的女儿。原来她的女儿得了血小板减少症，每次月经来潮便暴崩不止，血红蛋白骤然下降至极点。因为贫血，姑娘竟然无法登上二楼。补血养血的中药吃了不少，住院医生也感到束手无策，如果再出血不止，只有切除子宫。几乎绝望的母女，最后的希望寄托在我这里。我细细端详那少女，只见她虽然面如白纸，但皮肤白皙，两眼明亮有神，舌淡白而舌面干燥。姑娘一扬手，他母亲便递上一瓶矿泉水，姑娘一饮而尽。接着，她喊热，对着电扇直吹。我思忖着，这不就是白虎加人参汤证的"大渴，舌上干燥而烦，欲饮水数升"的白虎加人参汤证吗？遂以白虎汤加生地、阿胶、龙骨、牡蛎、龟板等，当夜血量即大减，后来坚持服用数月而痊愈。

桂枝汤是《伤寒论》开首第一方，原治疗伤寒中风，此究竟属于什么病，一直搞不清。后来从方证入手，只要见自汗、脉弱、体瘦者，投桂枝汤后起效甚速。有位来自无锡的中年患者，患有心肌炎，在某医院住院多天，依然低热持续，心悸多汗。我根据其脉弱、自汗、舌淡的特征，就给他开了桂枝汤，并嘱其服药以后，必须喝碗热粥，避风温覆，让其周身微微汗出。结果服药没几天，低烧就退了。事后，他邀请我去无锡参观他的工厂，并送我阳山水蜜桃。他说，你的药仅仅7毛钱一天，但我为了要喝碗热粥，还专门请人熬粥，一天竟要10元！

黄连阿胶汤是《伤寒论》治疗少阴热化证的方，原主治"心中烦，不得卧"，以药测证，当有出血。据此，一位中年女性患有糖尿病，适逢经期，经量如崩，而且数天彻夜无眠。我用黄连阿胶汤加生地，竟然一药而愈。后来续服，血糖也稳定。

方证给我清新，经方让我自信。我有了一种脚踏实地的感觉。我开始整理充实日本讲学的讲义《中医十大类方》，要将方证的思路告诉国内的青年中医们，告诉那些为学中医而烦恼的年轻人。中医其实不复杂，不过是那些冗繁的枝枝叶叶，让中医变得扑朔迷离，变得臃肿。我要还中医一个清瘦之身！

　　我将临床常用的经方与一部分时方按主药分成十大类，即桂枝类、麻黄类、柴胡类、大黄类、石膏类、黄芪类、黄连类、干姜类、附子类、半夏类。中医方何止这十大类？我这本书不是方剂学，只是想通过这种分类方法传递一种思路方法。其实，这种分类方法也不是我的发明，当年徐灵胎先生的《伤寒论类方》就开了先河。

　　如果说这本书有点创意，那只能有以下几点：

　　第一，方证的直观表述。书中除将经典原文作解说以外，还将方证中一些特异性的指证直接冠以药名，如"附子脉""桂枝舌""大黄舌""柴胡带"等，特别是"桂枝体质""麻黄体质""大黄体质""黄芪体质""柴胡体质"的提法让人感到有新意。我讲方人、药人，可以让当今的中医大学生们的思路发生很大转变。一方面，让他们从纷繁的理论中摆脱出来，转向朴实无华的临床技术；另一方面，让他们从"对病用药"以及"对症状用药"的思路中解放出来，转向整体的用药思路。

　　第二，口语化。以前写中医文章，大多是半文半白，虽然没有"之乎者也",但也经常用四六句、对仗句。而这次我第一次用口语写文章,如说如话,力求通俗易懂。

第三,方证漫画。为了让年轻人更容易理解和记忆方证,我请南京的漫画家陈惠龄老人帮我设计方证漫画。他的漫画生动、夸张,这也是吸引读者的地方。比如,小青龙汤证的特征是水样的鼻涕、水样的痰,漫画中患者生了一个水龙头鼻子,哗哗地流水。

1996年,《中医十大类方》由江苏科学技术出版社出版,距今已经14年,重印多次,发行数万册,最近完成了第三版的修订,同时相继被译成日文、韩文、英文出版,在台湾不仅有正式出版的繁体汉字版,还有了盗版。这个结果,是我当时写书时没有想到的。那时,只是想痛快地说,想快快地写。20世纪90年代初

1996 年,《中医十大类方》由江苏科技出版社出版,距今已经 14 年,重印多次,发行数万册,最近完成了第三版的修订,同时相继被译成日文、韩文、英文出版,在台湾不仅有正式出版的繁体汉字版,还有了盗版

期,家中还没有电脑,这本书10多万字,是我用从日本带回的一台佳能牌电子打字机一个个日文汉字敲出来的。不过,我的键盘敲得很轻松,因为我发现了方证的简洁美,那种轻松,是一种释放重负后身心的放松,一种冗繁削尽后的清新透亮。

破译仲景用药的密码

写完《中医十大类方》以后，我又开始了张仲景药证的研究。

张仲景药证就是张仲景用药的依据，是张仲景用药的密码，也可以说是张仲景的临床药物学。要理解经方，必须掌握张仲景药证。但张仲景历来只有方书，而没有药物书。清代医学家徐灵胎说过，医生的病大约有两种，一是有药无方，一是有方无药。有药无方，是说用药没有结构，处方其实是一堆药而已；有方无药，就是不懂变化，不会加减，用的是死方。内行都知道，如果不了解药，就会得有方无药的病。我通过编写《中医十大类方》，也感觉到不了解张仲景药证，就无法真正了解和掌握经方方证。所以，张仲景用药密码的破译非常重要。

研究张仲景的用药规律，前人已经进行过探索。值得一提的有两位医家：一位是日本的吉益东洞，一位是清代医家邹润安。吉益东洞的研究是根据张仲景方中的药量，分析归纳药证，代表作是《药徵》一书，字数不多，分量很重。邹润安的研究思路，是根据《神农本草经》，再结合张仲景原文，分析演绎出张仲景用药的规律。经方加一味，减一味，在邹先生看来，都有深意。他的代表作是《本经疏证》。这两书各有特色，前者简约质朴，后者细腻深入。他们的研究思路，给我很大的启发。我对张仲景药证的研究，还是以原文为材料，分析其原始的主治，并进一步诠释其主治。

　　《伤寒论》《金匮要略》的原文，也称之为白文，言辞古奥质朴，而且大多是不全表述，初学者一般是难以读懂的。我以前也试着读过，但常常知难而退。但是，随着临床日久，随着对经方后世应用经验的熟悉，对经典原文的认识也渐渐清晰起来。我再一次开始细细翻阅《伤寒论》《金匮要略》原文。我不擅背诵，只能利用工具书反复地检索原文。那时用的工具书是《伤寒论手册》和《金匮要略手册》，这两本书编得非常实用，可以从方、从药、从病症、从经、从药量等多角度来检索。同时，还有不少工具书帮助了我，如江苏新医学院编写的《中药大辞典》，上海中医文献馆陶御风先生等编写的《小方辞典》，山东中医学院编写的《方药纵横》等，这些工具书都以详细的文献资料，为我整理研究张仲景药证提供了帮助。

　　首先是药证考证，弄清每味药主治的原始表述，比如桂枝主治气上冲、麻黄主治黄肿、黄连主治烦热、黄芪主治汗出而肿等。而这些表述，有些张仲景已经提及，有些则是部分提及，有些干脆没有提及，要通过原文的比较分析，把它们找出来。然后，还要说清楚，也就是要对这些原始的、质朴的表述进行解释和发挥，要让读者看得懂，用得上。这就需要临床经验，需要后世应用经验的提示、补充和完善。

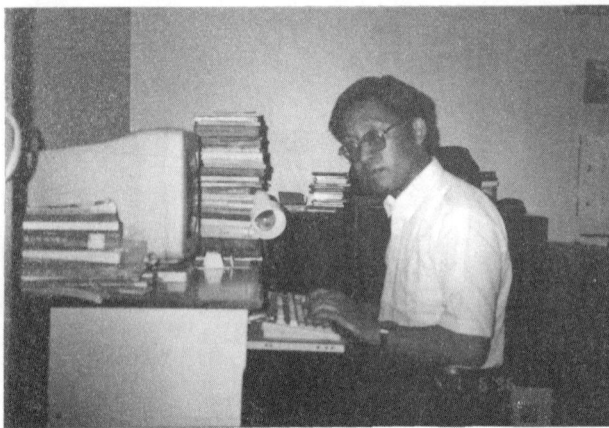

当清晨第一缕阳光照进卧室的时候，我便起床，然后坐在电脑前，边翻阅《伤寒论》《金匮要略》的原文，边思考，键盘随时将思考的结果记录下来。每天都有新的发现，每天都有兴奋点（1996年摄于家中卧室）

　　那时，我第一次住进了学校分给我的一个小套住房，50平米，七楼，朝东，从阳台上可以眺望远处的紫金山，还可以看到37层的金陵饭店。而且，我第一次购买了电脑，虽然是台286的兼容机，但进行中文的文字处理已经够了。那时，当清晨第一缕阳光照进卧室的时候，我便起床，然后坐在电脑前，边翻阅《伤寒论》《金匮要略》的原文，边思考。键盘随时将思考的结果记录下来，每天都有新的发现，每天都有兴奋点。

从量证变化上发现张仲景用药的规律，最为有趣。我发现，《伤寒论》《金匮要略》中同一剂型中的最大用量方，其指征可视为该药药证，一般不错。例如桂枝，最大量方为桂枝加桂汤，桂枝五两，主治"气从少腹上冲心者"，则可见气上冲心是桂枝证。又例如用四两黄连的黄连阿胶汤，主治"心中烦，不得卧"，而一两黄连的半夏泻心汤、生姜泻心汤等只是用于"心下痞"，由此可见，黄连大剂量主治心中烦，小剂量除痞。还有，大量治疗某症的重症，轻量则治某症的轻症，则此症常常是某药的药证。比如黄芪芍药桂枝苦酒汤中用黄芪五两，主治"黄汗""汗沾衣"，量很大；而小剂量黄芪方的桂枝加黄芪汤仅用二两，主治"身重汗出已"的黄汗，以及"腰以下无汗出"的黄汗。提示黄芪用于治疗自汗、汗出的程度越重用量越大。还有葛根黄芩黄连汤为葛根的最大量方，用八两，主治"利遂不止"，即指泄泻不止。葛根汤用葛根四两，主治"自下利"，即为未经攻下而大便自然溏薄者，其程度要比葛根黄芩黄连汤证的"利遂不止"为轻，可见葛根用于下利的程度越重，其用量也越大。

在药证考证中，我发现了张仲景对体质的重视。比如麻黄药证，到底抓什么？是喘？是无汗？是身体痛？是浮肿？后来发现，"一身面目黄肿"才是张仲景的着眼点。再比如，细辛的药证又到底是什么？是咳喘？是四肢冷？根据条文的考证，认定是恶寒、不渴，即患者有严重的恶寒感，同时还有分泌物清稀，口内无渴感。

张仲景还非常重视疾病。许多药证是兼治证，例如甘草主治羸瘦，兼治咽痛、口舌糜碎、咳嗽、心悸以及躁、急、痛、逆诸症等。主治是对体质用药，兼治则是对病用药。在对体又对病的情况下，只有大量使用甘草才有效，且安全。同样，麻黄主治黄肿，兼治咳喘及恶寒、无汗而身痛者。黄肿，是一种体质状态，而兼治的咳喘、恶寒、无汗而身痛等症也必须要以黄肿为前提。

药证的简约明快让人眼前一亮。药证是单味药物使用的指征和证据。说实话，历代中医书很多，但说理有余，说证不足，特别是那些客观性强的应用指征说得不多，所以，读了半天还是在云里雾里。但在张仲景眼里，很多药物的应用指征非常明确。比如，桂枝主治气上冲、芍药主治挛急、黄连除烦、附子主治脉微细，简单明快，要言不烦。特别是结合后世医家的医案医著及自己的临床经验，将这些药证细细想去，如饮香茗，其味无穷。

《伤寒论》114方，有名有药者113方，涉及91味药。其中1方次36味药，2方次以上65味药。《金匮要略》205方，有名有药者199方，涉及156味药。其中，1方次62味药，2方次以上55味药。我整理的张仲景药证，仅仅是50味药，因为必须选择应用方次在2次以上的，这样一来，味数就不多了。但这些药都是临床的常用药，仲景的叙述比较明确。虽说仅50味，但只要掌握好每药的主治和常用配伍，则在临床自能演化出无数新方。

张仲景记载的药证是真实的，但是，是不全的。就如古代大型脊椎动物的化石，考古学家仅仅从其一个头盖骨，甚至是一颗牙齿，也要设法复原其全身，甚至推测其生活作息的特点和环境。张仲景的原文也是如此，有的则是一种疾病的某个阶段的描述，有的则是某种体质患有某种疾病后的反应，有的则是某一类疾病的共有症状，而不是全部症状。

张仲景药证是药证的基础，还需要不断完善，需要后世经验的补充。唐代《千金方》《外台秘要》中的许多方证，据此也可以研究唐代的药证；后世各家的医案，据此可以研究各家的药证，朱丹溪、叶天士、王清任、张锡纯等历代名医，均有其经验药证。这些用药经验，是张仲景药证的延续，是研究中医的重要材料。

《张仲景50味药证》初稿出来后，我就给南京中医药大学的学生开始做讲座，颇受欢迎。特别是在南京医科大学开始的《张仲景药证》的选修课，引起西医大学生的热捧，竟然选课人数达500人。1998年5月，日本雄浑社出版《张仲景50味药证》日文版；6月，该书中文版由人民卫生出版社出版，很快重印多次，发行量达万册，以后又分别于2003年、2009年2次再版。中文版出版不久，韩文版也出版了，改名《伤寒论处方与药证》；2008年，人民卫生出版社又出了英文版。

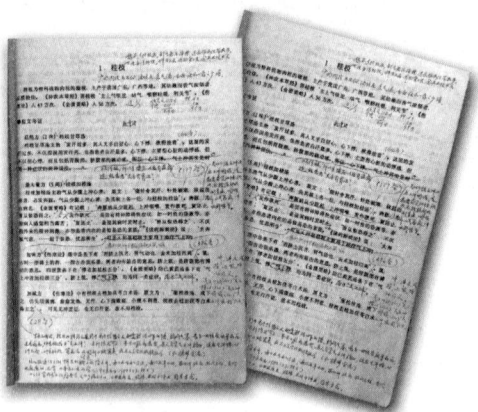

《张仲景50味药证》初稿出来后，我就给南京中医药大学的学生开始做讲座，颇受欢迎（图为讲座时的手稿）

《张仲景50味药证》各种版本书影

《张仲景50味药证》日文版

《张仲景50味药证》校内印刷本

《张仲景50味药证》英文版

滴血的职称评审

20世纪90年代，是我学术思想的高速发展期，也是人生磨难期。

日本回来以后，我有一种强烈的推广经方的愿望，我希望中医振兴和发展，希望经方有更多的传人。我将希望寄托在年轻的大学生身上。那时，我应聘为学校大学生科协的顾问。于是，我利用这个身份，在学校组织读书会，鼓励和引导青年学生读经典、用经方，并经常开设面向学生的讲座。讲座的海报经常贴在学校大门的告示栏，十分醒目。

1994年3月，我以《我们面临来自东洋的挑战》为题谈我访日的经历，谈振兴中医，谈学习经典、学用经方的必要性、紧迫性。讲堂上群情激昂，没几天，就有学生自发成立了读书会。活动引起学校保卫处的关注，他们派人调查听课，当发现没有不良政治企图时，这才放心。4月，我又以《做一名出色的淘金者》为题做演讲，我提出中医的经验是金子，中医的临床是金矿，青年学生要学会多临床、早临床，在临床上学会沙里淘金的本领。5月，我为中药药理93年级同学作了《我留学日本的感受》报告，席间提问不断，同学们对我的体型辨证以及药膳有极大兴趣，最后几次热烈鼓掌，高呼"欢迎再来！"

最有影响的一次报告，是10月为新生作的演讲，题为《踏上通往斯德哥尔摩的道路》。讲座围绕着三个问题展开，即什么是中医？为什么要学中医？如何学中医？我以许多历史事实和自己的亲身经历，娓娓道来，让全场听众兴趣盎然，提问不断。最后，我以朗诵散文诗一首结束演讲：

最有影响的一次报告，是10月为新生做的演讲，题为《踏上通往斯德哥尔摩的道路》。最后，我以朗诵散文诗一首结束演讲，全场掌声雷动

我们的路
我们脚下的路是前人走出来的，
今后的路则要靠我们自己去开拓，
振兴中医药学的大业，要做的事情很多很多……
不能陶醉于先人创造的辉煌历史，

不能满足于自我欣赏的书斋小作，

要勇于迎接时代的挑战，

我们的目标是通往斯德哥尔摩！

不要说阴阳脏腑缺乏科学，

不要说辨证论治不可捉摸，

中医不相信高谈阔论，

只有勤于实践者才能有所收获。

我们来自四面八方，

共同的心声是为发展中医而拼搏，

千古相传的瑰宝绝不能在手中失落，

这是中华民族和伟大祖国的重托！

全场掌声雷动。

那个时候，公共媒体也开始关注我。1994年9月30日，《扬子晚报》第10版发表记者吴跃农的文章《一个青年中医在日本的故事》，报道我在日本宣传中医，推广经方的事迹。12月，江苏电视台《周末茶座》以"把根留住"为题，报道了我研究古方、运用古方的事迹。1995年3月，我调任研究生部主任。5月，在中国中医药学会和全国青年联合会组织的首届中国百名杰出青年中医评选活动中，被评为"中国百名杰出青年中医"。

那时的我，春风得意。但是，人事的漩涡也在此时形成，人生的磨难在此时加剧。1995年4月，一年一度的职称评审工作开始了。职称是知识分子的命根子，每年春季的评职称工作是高校疾风骤雨的季节，是高校各种矛盾的爆发期，是知识分子之间的倾轧争斗期。学校新来的党委书记来自省内一家综合性大学，他的从政思路清晰而前卫，他提出要让年轻人脱颖而出，搞拔尖评职称。这一举措，赢得我们年轻人的拥护，许多人积极参与，我也申报拔尖升正高职称教授。评审十分严格，层层投票，我连过数关，但最后在学校高评委投票时因票数不够而被淘汰。那年，全校所有申报破格拔尖的青年教师全部落下，无一幸免。但我没有想到的是，磨难还仅仅是开始。1996年，我继续申报拔尖升教授职称，学校这关通过了，省教委学科组也通过了，但在省教委高评委评审时被否决，据说理由是没有博士学位。我无语！

接下来的路更难走。1997年，我副高职称已满5年，但正常的申请竟然被自己所在的基础医学院学科组否决，理由是我的新书《中医十大类方》是科普书，而《医案助读》《中医临床传统流派》两本著作已经在申报副高时用过。1998年再次申报，尽管有了《张仲景50味药证》等著作，但在省教委学科组上未被通过，理由不清楚。

职称评审的内幕十分复杂，我无法弄清其中的原委。当时，还有最让我心痛的一件事……我不说了！

1997年4月26日，慈爱的父亲突发心脏病去世。失去亲人的悲痛，再加上职称申报屡屡受挫，我的心脏也出现了频繁的早搏。妻子担心我想不开，我说没事的，我不上，可以抹平不少人的心，也是一桩好事。许济群先生对我说，别声张，哀兵必胜。有的人假惺惺地关心我，我冷冷地回答，"没关系，我还年轻！"我很坦然，我知道自己学术发展的后劲，我有足够的自信。我倒不是一定要教授的虚名，只是身在高校，高级职称不仅仅意味着社会对我工作的肯定和学术水平的认可，更重要的是，高级职称可以给你更大的学术发展空间，我不得不争啊！有朋友劝我，向人磕头吧！我拒绝。职称评审应该是学术问题，不能弄虚作假。这是我的人格！

那几年，我的讲座很多，也富有激情。因为我在学生中寻得了成就感和愉悦感，在演讲中获得了研究经方、推广经方的动力和灵感。讲座可以冲刷职称评审之痛！那时，我为大学生们开讲了《张仲景药证》《十大类方》等专题讲座，也组织教师开设了《名方十讲》的系列讲座。我的演讲题目还有《中医学的魅力》《中医学的困境与出路》《当前中医研究思路的几个转变》《古方的学习与应用》

《中医学走
向世界》
等。几乎
场场都成
功，效果
很满意。
2001年11
月9日，我
配合南京
中医药大
学大学生

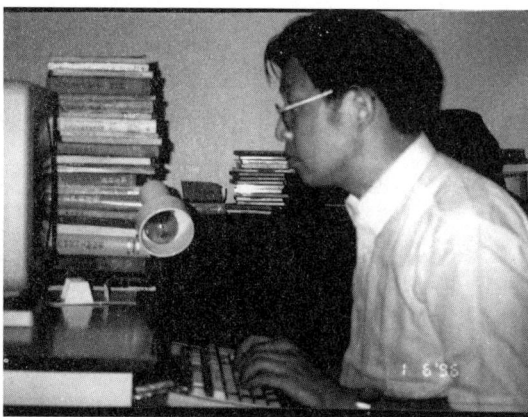

那几年，我的讲座很多，也富有激情。因为我在学生中寻得
了成就感和愉悦感，在演讲中获得了研究经方推广经方的动
力和灵感。讲座可以冲刷职称评审之痛（图为我1996年的工
作照）

科协"中医高校行"活动，在南京大学演讲《中医学的魅
力》，听众为南京大学的本科生、研究生和部分教师，气
氛热烈，提问不断。环境学院一位名叫陈一良的研究生来
信说："我尽管来自李时珍的故乡，但是对中医几乎一无
所知。听了你高水平的讲座后才知道什么是中医，中医的
魅力何在？在近2个小时里，你对同学们所有的问题都回
答得非常准确、深入而又生动，这是我听了无数讲座所见
到的奇迹！"当时，还有一位计算机专业的本科生也在场，
他对中医动心了。第二年，他就毅然决然放弃高薪的公司
招聘，报考我校非医学本科攻读博士学位研究生，并投入
我门下，现在已经毕业，已是一位经方高手。一位来南京
进修的安徽郎溪的青年中医，他在无意中看到校园张贴的

《古方的学习与应用》的讲座海报，听完讲座，便笃志经方，随我抄方，从此学业大进，现为一方名医。有人说，进南京中医药大学，没有听到黄煌老师的讲座，等于没进这个学校。虽属过誉，但在磨难的日子里听到，让我倍感欣慰。

春笋总有出头时。1999年，我终于被评为教授，但五年累积的伤痛，已经永远无法消失。高校的评职称，是高校教师面前一道绕不过又很难跨越的坎。S老师，一位风华正茂的讲师，那天凌晨，从宿舍楼一跃而下……实验中心的C老师，一怒之下，突发脑溢血猝死；G老师，资深副教授，工作勤勤恳恳，但在退休之前突发心梗去世。他们的死都与职称评审有关。

真是滴血的职称评审！

问卷调查全国名中医经验

可能是学医经历的缘故，我对名中医经验一直抱有特殊的感情。学徒时代，我在给老中医抄方时经常默默地记住他们断病用药的经验，整理总结他们的验案并从中抽取点点精华，我甚至将他们的只言片语记录在笔记本上，经常翻翻。这些东西，虽然零碎，但都是金玉，弥足珍贵。

当大学老师以后，在讲那些所谓系统理论的时候，在讲述各家学说的时候，也依靠以前积累的许多老师们的经验，许多名医的经验，将那些干巴巴的理论术语加以润色，使得古代的医家能与当今大学生对话。在写文章时，也是这些经验，给我的论点以论据，让我下笔有底气。在看病时，也是这些经验，让我感到有定见，敢下药，能守方。

20世纪90年代，我还干了一件比较重要的事，那就是对江苏省以及全国的名中医进行了一次有关其学术思想和临床经验的问卷调查。动机缘于恩师的去世。叶秉仁先生因骨折卧床3年，竟然不起！邢鹏江先生、陈嘉栋先生也相继因病而去！我环顾全省，七八十年代一些曾经活跃的老中医也悄然无声。时不可待！不能让名中医宝贵的临床经验消失！我决定开展一次抢救性的老中医经验整理总结工作。这项工作，得到了《南京中医药大学学报》编辑部全体同仁的支持和响应。

老中医经验的总结方式，以往大多采取两种：第一种，医案法。将老医生的医案，也称之为脉案，抄录下来，加以分类，如《三家医案合刻》《丁甘仁医案》等；比较考究的，由整理者逐案加上批注、按语，或分门后加以概括总评，如《柳选四家医案》《临证指南医案》等。第二种，文章法。将老中医的经验整理成文，或有综述性的，全面介绍老中医的学术思想、治学特征、临床诊疗特色、验方等，如《近代中医流派经验选》；也有专题性的，就某一病、某一方的临床经验加以介绍。这两种方法，各有利弊。前者的好处是医案为第一手资料，能比较客观地反映老中医本人的用药风格，缺点是初学者有时看不出其经验所在；后者的好处是条理清晰，但由于出自整理者之手，难免经验失真走样。那么，有没有其他的方法呢？我尝试了问卷法。调查问卷的方式，是进行社会调查的一种常用方式，其优点是便于统计分析，有利于对调查对象总体情况的把握。不过，用于老中医经验的调查整理研究还没有先例。

　　我们将问卷的主题定为抓临床经验，调查的切入点设定在方药应用上。我们认为，大凡名中医，几十年的临床必定有几味擅长使用的药物和方剂。所以，我们要求参加调查者只要提供5味药物或5首处方的经验即可。我们还认为，名中医那些用方、用药的独特经验，必定体现在适用的范围及指征，尤其是那些客观性比较强的特异性指征上。所以，调查问卷将这些内容作为重点内容，要求调查者提供。此外，药物的配伍、用量、服法等方面，也是体现名医临床经验的部分，问卷也紧抓不放。只重视经验的"是什么"，而不关注解释的"为什么"，就成为本次调查的基调。也因为这样，调查问卷就如一张绵密的网，将老中医的宝贵临床经验比较快捷地筛选过滤出来。

　　我首先对江苏省政府命名的第二批113位名中医进行了调查，省中医管理局给予了经费支持。让我们十分感动的是，许多参与调查的老中医均十分重视这项工作，许多名中医将多年的用药经验和有效验方毫无保留地贡献出来，对如何用药、如何处方等关键问题都一一道明；有的则为了能将自己的临床经验正确地传下去而反复琢磨，几次修改，最后端端正正地盖上自己的私章；更令人感动的是，有的名老中医是在病榻上亲自填写问卷的，微微颤动的笔迹，可以想见他克服了多大的病痛！可以说每一份问卷，都展现出一个当代名中医的敬业精神和崇高风范。老中医们这种对中医事业的忠诚态度，至今仍让我们激动不已！

统一的问卷给统计带来极大的便利，这是以前老中医经验整理工作所无法做到的，可使读者从总体上了解当代名中医应用该方药的情况。各家经验部分则将各位医家的经验分列，以便于读者了解该方药各家独特的应用经验，通过比较，各家特色一目了然。方药的应用范

调查内容很快编辑成《方药心悟》一书，高浓度、快节奏、简约、明快，《方药心悟》成为老中医经验整理类书籍中一道新的风景。时任局长的张华强副厅长写序，健在的吕炳奎先生也欣然作序。此书出版后，销量持续攀升，并荣获华东地区图书出版二等奖

围及指征、加减、用量、禁忌等技术含量极高的内容都十分清晰地展现在读者面前。调查内容很快编辑成《方药心悟》一书，高浓度、快节奏、简约、明快，《方药心悟》成为老中医经验整理类书籍中一道新的风景。时任江苏省中医管理局局长的张华强教授写序，健在的吕炳奎先生也欣然作序。此书出版后，销量持续攀升，并荣获华东地区图书出版二等奖。

其后，我又将眼光移向全国。那个时候，卫生部、人事部认定了全国500名名中医，我决定对他们进行一次学术经验的总结和学术思想的调查研究工作。这项工作得到退休的学校教务处老处长、著名中医教育家陆莲舫先生的支持，他帮我向国家中医药管理局反映，并得到科教司以及《中医教育杂志》的支持。调查进展顺利，各地的中医药管理部门也参与组织工作，问卷很快陆续寄来，整理工作量极大。我发动了大学生科协、研究生等参与前期工作。我的助手史欣德研究员为我承担了大量细致有效的编写、组织工作，一批聪明的青年教师也加入了研究的团队。那时，经费匮乏，我找到了时任江苏省副省长的张连珍同志。

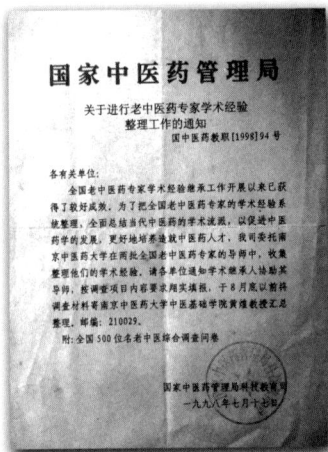

那个时候，卫生部、人事部认定了全国500名名中医，我决定对他们进行一次学术经验的总结和学术思想的调查研究工作。得到科教司以及中医教育杂志的支持（图为国家中医药管理局的相关文件）

当我拿到这本绿色封面的印刷品时，感慨良多……在中国，办一件事情实在是难啊

我的助手史欣德研究员（右一）为我承担了大量细致有效的编写、组织工作，一批聪明的青年教师也加入了研究的团队

她为人热情豪爽，理解知识分子，在她的干预下，省卫生厅为课题组解决了部分经费，学校的项平校长也给予了很多支持。调查资料汇总编辑成《方药传真》一书，也由江苏科学技术出版社出版发行。当我拿到这本绿色封面的印刷品时，感慨良多！我们总算完成了一项重大的调查研究工作，其过程非常复杂，涉及多人。在中国，办一件事情实在是难啊！

由于是问卷调查，其中有不少结果很有意思。比如我们调查了名中医心中所推崇医家的序列，其统计结果排在前15位的分别是：张仲景（271）、李东垣（120）、李时珍（108）、张景岳（106）、叶天士（102）、孙思邈（95）、吴鞠通（67）、张锡纯（66）、王清任（56）、朱丹溪（38）、华佗（32）、傅青主（24）、杨继洲（15）、陈实功（14）、王孟英（14）。根据名中医所推崇医家的序列，可见目前我国名中医所主张的中医学术框架，是以张仲景医学为基本内容，李东垣、朱丹溪为代表的金元内伤杂病学，叶天士、吴鞠通为代表的温病学，李时珍《本草纲目》为代表的本草学，以及孙思邈、张景岳、王清任、张锡纯等名家学说为辅佐的医学体系。张仲景医学是汉代以前医疗经验的科学总结，是中医辨证论治思想的典范，是中医临床诊疗的规范。离开了张仲景医学，中医学就成了无根之木，无源之水，我国现代名中医的学术渊源在此。李东垣与朱丹溪是我国金元时代两位著名医家，其学术体系根植于《黄帝内经》与张仲景医学，尤其是在《黄帝内经》理论与方药应用的结合上，开创了新的天地，成为后世中医学发展的又一流派。叶天士、吴鞠通是清代温病学大家，卫气营血辨证、三焦辨证以及在外感热病方面丰富的诊疗经验，无疑是中医学体系中极为重要的组成部分。李时珍所代表的不仅是他个人，而是本草学这个庞大的学术领域。作为临床医学的中医学，离开了对本草学的研究，那只能剩下一个空壳而已。所以，名中医们对李时珍情有独钟，是完全合乎学科特性的。孙思邈的医学，是隋唐医学的代表，正如徐灵胎所说的"其用药之奇，用意之巧，亦自成一家"，其丰富而切实有效的经验良方，无疑为名中医诊疗水平的提高起了不可忽视的作用。清代名医王清任的气血论及活血方、张锡纯关于衷中参西的思想与独到的方药应用经验，都是中医学体系中极为重要的组成部分。此外，傅青主、杨继洲、陈实功等各科名医的学说和经验，犹如涓涓细流，汇成中医学的大河。总而言之，从名中医心目中的名医序列，可以勾勒出传统中医学的框架。建议我国高等中医院校中的《中医各家学说》课程，应将这些医家列为教学的重点。

再比如，有关名中医必读的中医书籍调查也很有价值。读书是中医治学的重要手段，名中医认定的作为中医工作者必读的专业书籍，不仅仅是中医学术名著的罗列，更是名中医学术思想与治学方法的最好体现。排在前15位的书籍是：《伤寒论》(298)、《黄帝内经》(296)、《金匮要略》(271)、温病学 (220)（其中《温病条辨》139、《温热经纬》29 、《温热论》18、《温疫论》5)、本草 (219)（其中《本草纲目》112、《神农本草经》38、《本草备要》20、《药性赋》10、《本草从新》5)、《医宗金鉴》(106)、方剂 (83)（其中《汤头歌诀》29、《医方集解》21、《成方便读》2)、《景岳全书》(82)、《脾胃论》(57)、《医学衷中参西录》(50)、《难经》(42)、《千金方》(40)、《医林改错》(37)、脉学 (30)（其中《濒湖脉学》21、《脉经》7、《脉诀》2)、医案 (29)（其中《临证指南医案》17)。从调查结果来看，中医书籍众多，但《伤寒论》《金匮要略》

《黄帝内经》《温病学》《本草》无疑是必读的。因为这几本古籍中蕴涵着中医学的基本思想、基本理论以及诊疗规范和经验方药，从研读这些古籍入手，可以较直接地掌握中医学的一些本质性的、关键性的东西。正如清代陆九芝所说："学医从《伤寒论》入手，始而难，既而易；从后世分类书入手，初若难，继则大难矣。"（《世补斋医书》）从调查结果可见，在温病学类的书籍中，《温病条辨》位居前列，这可能与该书论述简要，逐条分辨，一证一法，较好地总结了温病证治规律有关。《医宗金鉴》作为清代官修教科书，注重实际，内容丰富，叙述简明，易懂易记，是我国医学丛书中最完备而又最简要的一种，数百年来，为传统中医人才的培养起了十分重要的作用。此外，《脾胃论》以立论精要、《景岳全书》以继往开来、《医林改错》以方特灵验、《医学衷中参西录》以记载翔实及疗效可证，成为名中医必读之书。脉诊是中医独特的诊断技术，故脉学类的著作应当阅读。医案是前人临床实践的记录，阅读名医医案，可以揣摩名医临床思维的规律，搜寻前辈的处方用药经验，可以训练辨证论治的技能，培养知常达变的本领。医案的阅读是中医传统的学习与研究的方式，所以，名中医将医案类书列为必读书目。我们认为，本次调查统计的书目基本上反映了名中医治学的门径，建议有关部门将其纳入中医院校学生以及中医工作人员继续教育的必读书目。

关于擅长治疗的疾病病种的调查，即名中医自认为最擅长治疗的疾病种类，也可以认为是目前临床上中医药比较具有优势的诊治病种，其顺序依次为：心脑血管疾病（234），胃肠病（224），肝胆病（166），妇科病（150），泌尿系统疾病（123），呼吸系统疾病（118），骨伤科疾病（118），精神神经系统疾病（85），免疫系统疾病（75），肿瘤（61），外科疾病（57），代谢性疾病（51），五官科疾病（46），血液及造血系统疾病（37），发热性疾病（31），皮肤病（31），儿科疾病（24），男性病（23），内分泌系统疾病（14）。

关于擅用的药物调查，即指名中医临床应用最有心得的药物。大凡名中医，必然有其特别擅长使用的几味药物，我们设定每位调查对象认定不超过5种药物。经统计，位居前40种的分别为：黄芪（139）、大黄（79）、柴胡（55）、附子（46）、丹参（45）、当归（40）、桂枝（31）（其中肉桂5）、白芍（30）、川芎（25）、麻黄（25）、黄连（24）、人参（22）、水蛭（22）、三七（22）、细辛（21）、葛根（18）、白花蛇舌草（18）、淫羊藿（18）、生地黄（17）、全蝎（17）、金银花（16）、蒲公英（15）、党参（15）、半夏（15）、莪术（13）、白术（12）、五味子（12）、蜈蚣（12）、黄芩（12）、骨碎补（12）、石膏（11）、益母草（11）、生石膏（10）、山药（10）、土茯苓（9）、枸杞子（9）、赤芍（9）、甘草（8）、夏枯草（8）、雷公藤（8）。调查结果可见，名中医不是擅长奇特药、冷僻药或"祖传秘方"的"神医"，黄芪、大黄、柴胡、附子、丹参、当归、桂枝、白芍、川芎、麻黄、黄连、人参、水蛭等用药的序列，提示名中医的用药大多是功效比较明显的常用药。

关于擅用方剂的调查，是指名中医临床应用最有心得的方剂。调查设定，无论经方、时方、单验方、自拟方，只要擅用者均可，但数量不超过5张处方。其统计结果位居前30位的如下：六味地黄丸（41）（其中金匮肾气丸9、知柏地黄丸4）、四逆散（26）、逍遥散（25）、补中益气汤（24）、温胆汤（20）、血府逐瘀汤（18）、小柴胡汤（17）、补阳还五汤（17）、六君子汤（17）（其中香砂六君子汤12）、桂枝汤（15）、半夏泻心汤（14）、麻杏石甘汤（10）、瓜蒌薤白白酒汤（10）、桃红四物汤（9）、小青龙汤（9）、二陈汤（9）、四君子汤（9）、真武汤（9）、玉屏风散（8）、复元活血汤（8）、四物汤（7）、炙甘草汤（7）、阳和汤（6）、银翘散（5）、黄芪建中汤（5）、仙方活命饮（5）、五味消毒饮（5）、一贯煎（5）、止嗽散（4）、龙胆泻肝汤（4）。临床上名中医有单用该方者，也有以此方为基础加减变化者。上述结果提示，培养新一代的名中医，仍应重视常用方药的应用这个基本功的训练，建议高等中医药院校应将名中医擅长应用的药物、方剂列入教学的重点。

《方药传真》完成以后，我并没有多少轻松的感觉，因为还有很多民间的中医经验无法调查，而其含金量可能更高。再有，从经方医学的角度看调查内容，还有不少缺憾。比如我国中医在方药的使用上还缺乏比较严密的规范，无论是方药的适应证还是禁忌证，都比较笼统含糊。此外，可能是这次问卷调查的技术性原因，从调查材料看，许多名中医的临床特色还不鲜明，让人眼前一亮的高手不多，经方家更少。由于本次调查结果基本反映了20世纪末叶中国中医临床的现状，面对结果，我对我国中医的未来不免产生深深的忧虑。

2003年，我想继续从事国家第三批名中医经验的总结工作。我向政府申请课题，但令人遗憾的是，学校的评审就没有通过。在一些专家的眼睛里，唯有做动物实验的申请才可行。他们不知道，中医临床经验的调查整理，就是具有中医特色的传统的科研项目。从此，我已经对通过学校申报科研课题不感兴趣了。我没有继续申报，再也没有继续申报的热情。我理解并承认中国中医科研的现实，也是从那个时候开始，我决定不再旁顾其他，集中精力，力所能及地做好经方的普及与推广工作。

中医之殇

不知从何时开始，中国人看老祖宗的东西，总是有一种不屑一顾的神情，而提起现代西方的东西，则有一种压抑不住的羡慕向往。

虽然已经过了很多年，作为亲历者的我，20世纪60年代中期"破四旧"的场面依然历历在目：县城的体育场，疯狂的人们举着红旗，高呼着口号，将从各家抄来的古书字画付之一炬；青花瓷器、红木家具被狠狠地砸碎，一夜之间，街面全部用油漆刷成红色……

在我学习中医的20世纪70年代初期，中医界依然弥漫着这种气息。"70年代骑老牛，今人反向古人求"，这句顺口溜就是当时用来讥笑讽刺提出学习古代医学的人们。1974年，中国曾有一场名为"批林批孔、评法批儒"的运动，高扬主张革新的法家，而抨击以保守为学术倾向的儒家，秦始皇、韩非子、荀子等是人们颂扬的历史人物，而孔子等被指责为反动保守的典型。这场运动，也波及中医学界。

1975年，省卫生厅组织了"评法批儒"活动，号召各地中医写文章。家乡的县卫生局也参加了。当时的领导让我承担了《论吴又可尊法反儒的革新精神》一文的撰写任务。吴又可，明末温病学家，写《瘟疫论》，说瘟疫的病因不是风寒，是一种天地间的戾气，而且强调要寻找特异性疗法，与《伤寒论》别树一帜。用当时的眼光看，他是一位有法家精神的医家，

1975年，省卫生厅组织了"评法批儒"活动，号召各地中医写文章……当时的领导让我承担了《论吴又可尊法反儒的革新精神》一文的撰写任务

要大大地赞赏。苏州中医协作组领到的任务，是批判清代医家陆九芝，因为他反对温病学说，推崇《伤寒论》《内经》。他有句名言："《内经》无论真不真，总是秦汉间书，得其片语，即是治法；《伤寒论》无问全不全，苟能用其法以治今人病，即此亦已足矣。""学医从《伤寒论》入手，始而难，既而易；从后世分类书入手，初若难，继则大难矣。"这句话，在当时的政治氛围下，简直和反动标语差不多。

　　那时的中医界，处处提"创新"。毛泽东主席的一句话"创造我国统一的新医学、新药学"，成为中医人的梦。这时更名风来了：广州办的中医杂志名《新中医》，北京出版的原本好端端的《中医杂志》非得更名为《新医药学杂志》。1970年，南京中医学院与南京医学院合并，改名江苏新医学院。在这种政治气氛下，再提距今数千年前的医学经典，就是太不懂政治了！但不读经典似乎又缺点什么，于是，学"红宝书"——《毛主席语录》的编辑风格，从《伤寒论》《金匮要略》《黄帝内经》中选几条读读吧！江苏新医学院中医系编了本《古籍选编》，那是一本薄薄的蓝皮封面的小册子。

　　70年代末期到80年代初期，趁着改革开放的春风，经典的研究稍有生机。1981年，北京举行了"首届中日《伤寒论》学术讨论会"，各地相继成立了仲景学说研究会。1984年，我参加了在扬州召开的"江苏省中医学会仲景学说研究会"成立大会，那时参加的代表有数百人。那年，学校里还开展了优秀论文评选活动，汉中门主楼下贴出了大红榜，伤寒论教研室陈亦人教授的《伤寒论平议》列在第一。校园里，操场上，背诵《伤寒论》条文的学生也不少，因为，这门课是考试课。但是，好景不长。

　　1985年前后，全国中医高等院校开展了一场声势浩大的学科大跃进——"学科分化"。首先是中医学分为基础、临床两大部分。所谓的基础，就是中医学基础、中医诊断学、中医方剂学、中药学四门骨干课程；所谓的临床，就是中医内科学、中医外科学、中医妇科学、中医儿科学、中医五官科、中医护理等与医院科室相关的课程。继而开展的学科分化更为大胆张扬。一时间，中医被现代化了！涌出了中医学导论、中医藏象学、中医经络学、中医病因病机学、中医诊法学、中医辨证学、中医治则治法学、中医康复学、中医养生学、中医心理学、中医护理学、中医食疗学、中医气象学、中医人才学、中医管理学……这些所谓新学科，如那个时代流行的喇叭裤、蛤蟆镜差不多，把朴实的中医披挂得中不中、西不西，土不土、洋不洋。显然，这种分化带有极为明显的西医管理模式和学科评价体系的痕迹，中医学术内涵支离破碎。那个年代，教科书把金元四大家和温病派捧到吓人的高度，认为是与《伤寒论》《金匮要略》分道扬镳的大创新，金代医家张元素的那句名言"古今异轨，古方新病，不相能也"，一直在教室里回荡；南京中医学院的男厕所里，居然出现了"打倒张仲景"的标语。

中医学科在人为分化后，《伤寒论》《金匮要略》《黄帝内经》《中医各家学说》等经典课程如何处置就成了一个难题，犹如是块鸡肋，丢也不是，留也不是。那时流行的看法是，这些经典仅仅是课程而已，难以成为一个独立的学科，以经典命名学科，将会严重影响学科的发展。于是，经典教学课时大大压缩了，或变为选修课。有人甚至提出，本科教学不适合经典教学，《伤寒论》《金匮要略》等应该是研究生们捣鼓的玩意儿。有次，我无意中听到一位资深中医教授口出狂言：《伤寒论》有啥研究的？！不就是几块破竹简拼来拼去的游戏？！当时，我不禁吸了一口凉气。

中医界也未必都是糊涂人。那个时候，有些老教师表示不解：中医历史上何尝分过基础、临床？难道读《伤寒论》《金匮要略》后不能看病？不读经典，还能培养出真中医？但是，几位老人的嘟囔声极其微弱，没人听得进……陈亦人教授，面容清癯，带一副近视眼镜，平时文质彬彬，但每逢开会却像个辩手，慷慨陈词，为《伤寒论》说话。他一贯强调《伤寒论》是中医临床的基础，是辨证论治的方法论，甚至引用清代名医余听鸿的那句话，"人云仲景之法能治伤寒，不能治调理者，门外汉也！"但是，对先生的陈述，响应者寥寥，反而背后被人非议。其实先生也知道，当时的中医界，绝大多数人是没有深读《伤寒论》《金匮要略》的，忽略经典，是一个严峻的事实。

20世纪90年代的中医界，于现代科研倍感自卑，学校对此也作为硬指标考核教师。很多老师被捆绑在报课题的快车上，大家都在追求实验室新指标，以西医为荣，以现代为傲，传统的经典研究、文献研究、临床观察、个案报道已经被视为不科学的过时货，一概打入冷宫，视为垃圾。

2001年2月，北京中医药大学《伤寒论》教授刘渡舟先生去世，不久，陈亦人教授日渐消瘦，最后也住院了。我去看他的时候，他已经不认识我了，但他还是拉着我的手，喃喃地说："《伤寒论》，临床基础……是辨证论治……不是外感病的书……" 2004年8月，陈亦人先生也走了。刘渡舟先生与陈亦人先生是当代著名的《伤寒论》研究学者，时有"北刘南陈"之说。两位大师的离去，使得中医经典教学更觉凄凉。

那些年的冬天，特别冷……

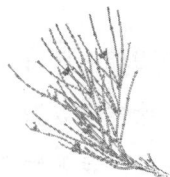

再访东瀛

　　10月的南京最美。灵谷寺的金桂满开，空气是香甜的；莫愁湖的荷花虽谢，但荷叶依然清香翠绿。在湖边远眺，可以看到阳光下的巍巍钟山，金色掺着墨绿；到石头城边散步，那蜿蜒城墙上的荒草古树，那依山而建的突兀城墙，更显得金陵古韵十足……

　　南京的10月，好吃的也最多。固城湖的螃蟹，个大壳青，煮熟后黄香肉甜；舞着黑红大螯的小龙虾，这个时候肉满籽肥；秋天的盐水鸭最好吃，肉嫩味鲜，百吃不腻……还有白嫩的茭白，糯软的大毛豆，带毛的芋艿，刚上市的红皮山芋，都是我的最爱。

　　1999年的10月，我没有能够饱尝这一年金陵的秋色和美味，受学校委派，去日本与一家培训公司联合办学。国庆节一过，我就和三位老师出国了。

　　在国外办学与国内办学完全是两个概念。那个公司的学校其实不过是几间教室，地点在东京池袋的一座拥挤的写字楼里，楼下是家按摩店，粉红色的霓虹灯闪烁，楼下是许多带色的美容店、娱乐厅。公司招收的学生极少，大多是做一些简单的推拿培训。在那里的我极为无聊，如何办正规的日本分校？我耐着性子去探了一下办学的路径。摸到位于东京新宿附近的东京都厅，坐高层电梯找到政府教育管理部门，那位客气的女秘书给我搬来了一大本办学的相关法规……办学条件苛刻，申报程序繁杂，我们几个外国人要办学校几乎是在做梦！

办学不可能了，但对我来说，这次赴日又是一次考察日本汉方的绝佳机会。我趁机进入顺天堂大学医学部医史学研究室当研究生，跟随酒井静教授研究比较传统医学。我选择这个研究方向，是希望弄清楚一些经常思考的问题，比如，到底什么是中国传统医学的精华？什么是不受民族形式限制的医学科学？同时，也想再次确认一下，我认识的并投入精力研究的经方是否是正确的选择。我要为推广经方寻找历史的经验，希望求得历史上医学大家们的精神支撑。

顺天堂大学是日本历史悠久的医科大学，地处东京的中心地带，学校前面是一条河，河水清澈，两岸有些小树花草，河岸很高，可以看到地铁在对面河岸下穿过。学校旁边就是顺天堂医院，其历史比大学更久，是个贵族医院，当年李鸿章在日本遭到刺杀，抢救就在这里，后来我在研究室里还找到了相关档案资料。学校向南不远是东京著名的神田古书街，那里走几步就有书店，还有许多专业旧书店。顺天堂大学前后左右有许多大学，前面有日本大学、明治大学，后面是东京大学、日本医科大学、东洋学园大学等，旁边是东京医科齿科大学、中央大学、法政大学等。大学旁边的御茶水大桥上经常看到背着书包匆匆而过的年轻人。

医学史研究室就在河边的一栋老楼里，只有两间屋。里面一间是资料室，书架之间仅容一人侧身通过；外间是教授与讲师秘书的工作室，上上下下，里里外外，被电脑桌、书桌、文件柜以及书籍资料塞得满满当当，但安排得井然有序，还有供来客坐的椅子，每次去，热情的女秘书还会给你端来日本茶和甜糕点。

酒井教授年过六十，温文尔雅，学识渊博，是一位充满学者气质的女教授。她擅长疾病史研究，曾经对历史上武士们的疾病做过非常细致的考证。她所领导的研究室是日本唯一的医学史博士点，在日本医学史界地位显赫。我到研究室后的最初，是想对中日两国《伤寒论》研究的历史作比较研究，但是，经过一段时间的思考，发现这个题目过大，难以深入。最后，我决定以清代经方家徐灵胎与日本古方家吉益东洞的学术思想为主线，比较分析两人的异同点并分析其原因，进而探讨中日两国传统医学的异同点。那天，我在研究室里等到了外地讲学归来的酒井教授。教授耐心地听取我的陈述后说：徐灵胎与吉益东洞，是两个不同国度的医学家，在锁国政策的当时，两人是没有信息沟通的，但是，两人都在几乎相同的时间里，采用了以类方的方法研究《伤寒论》，分别著成了《伤寒论类方》与《类聚方》，都成为对后世产生极大影响的医学家。这一历史现象，是世界医学史上罕见的，值得研究。那天，教授很高兴，请我吃晚餐，那是地道的和食：生鱼片、寿司、天妇罗……我吃得津津有味。

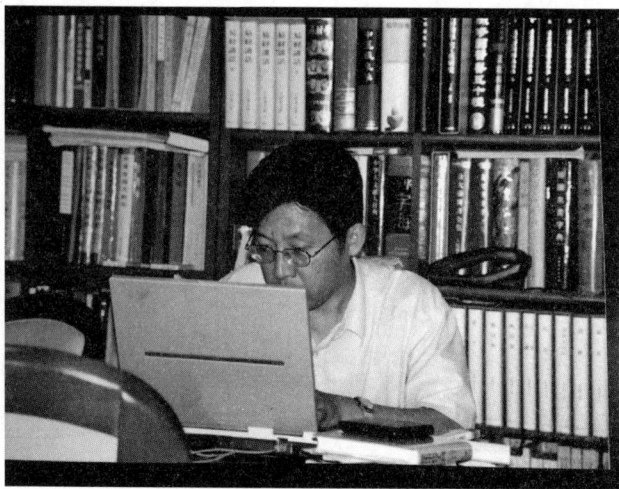

在日本工作照

　　我在东京常去的地方，除顺天堂大学以外，还有就是东京郊外的一个名叫中央林间的小镇以及千叶县的市川市。中央林间有日本朋友平马先生的诊疗所和加藤先生的研究所。加藤先生是一位热爱中国传统医学的药剂师，对中医学充满热情，家里藏书甚多，那里成为我思考、读书、写作的好地方。在写论文的那段时间，我几乎每周都去那里，翻阅资料。晚上，我们三人常常在一家中国餐馆共进晚餐，餐馆主人是中国人，他家的红烧猪蹄做得口味很好，酱香酥烂，我们喝着日本清酒，聊中医，聊汉方，谈历史，谈现状。

　　千叶县的市川市是日本东洋学术出版社的编辑部所在地，社长山本先生从20世纪70年代初期开始推广中医学。他最关心的是中医学的发展问题，对当时日本出现的质疑中医教科书的声音，他最为敏感。我和他聊中医现代教育的历史，特别是在大跃进年代现代中医起步创业的故事，讲中医教学的模式，如传统经典教学往往是从类方开始，是螺纹式的，相互联系，以点带面，而现代中医教学是从理论术语概念开始，是井字式的，强调分门别类，整体性不够；讲经方的特点，是一个萝卜一个坑，方证相应而后能灵活应变，灵活善变的中医其实有规有矩……每次谈话前，山本社长总是要打开录音笔，并不停地记录、发问，每次结束都是恋恋不舍。

　　和20年前京都求学不同，这次来东京后，讲学的邀请非常多。我不仅在东京都内的高校讲，还经常出游，京都、广岛、福岛、山口、熊本、岐阜、名古屋等地都留下了我的足迹。我讲过药证方证，讲过望诊，讲过叶天士、尤在泾的医案，讲过王清任的学说……其中有几次的交流印象很深。9月下旬，我出席在广岛召开的"第15届日本传统医学研讨会"，并参加病例讨论。一位患者是心功能不全，心悸、脐腹跳动，我和其他医生补肾养心、活血养阴的思路不同，处方是桂枝茯苓甘草大枣汤。由于思路独特，受到参会人员注目。为此，我受邀于10月18日再赴广岛，做了一场题为《关于药证的认识》的专题演讲。演讲中，来了一位肝硬化患者。他消瘦、腰腿疼痛，我一看前面所用处方，药物既多又杂乱，遂拿起黑水笔，刷刷地修改起来，削成经方小建中汤的原方。随后，我细细讲解了小建中汤方证及其在肝病上应用的经验。参会人员凝神静听，结束时掌声一片。当我离开会场上车时，一位中年男子匆匆赶来，向我深深鞠了一躬，说："麻给麻喜答！"原来他就是那位患者的主治医生，他说的意思是"我服了"。

　　在日本的那段日子，我结识了许多日本学者。针灸学家森秀太郎是小儿针的发明者，晚年热心于医学史博物馆建设，他收集了许多针灸人模型，有铜的，有木头的，也有竹子的。日本中医学者安井广迪教授专事中医各家学说，是一位温和的中医教授。三浦於菟教授留学南京，回国以后于东邦大学东洋医学科组织讲座，影响较大。江部洋一郎先生的学术个性鲜明，他否认中医教科书理论，也不服日本古方派，创建了一套独特的气血运行规律的理论，用于解释经方，出版了《经方医学》三册。日本医史文献家小曾户洋，为北里研究所东洋医学综合研究所医史学研究部的创始人之一，他对我国马王堆汉墓出土的帛书《足臂十一脉灸经》《五十二病方》《小品方》等进行了长期深入的研究。非常高兴的是，他为我的《中国传统流派系谱》写了序言。大阪的民间医史研究者片桐先生热情健谈，他继承着一个数百年的老药店，他不仅热心地邀请我参观他的家庭博物馆，当我回国时，还送我不少日本医学相关的资料。旅日中国学者郭秀梅，埋头于古医学文献中，写了许多考证性的著作，那种纯学术的研究，那种国内少有的心态，让我钦佩。

东京的日子，充满着书香，促我思考。自由的环境，思想放飞，灵感四射；讲学的压力，让思维变得缜密。游学日本的这段日子，虽然时间不长，但感觉真好！

我的博士论文

2000年，我在日本出版了《中医传统流派系谱》一书，这是我在日本出版的第三部著作。同时，完成了我的博士论文《徐灵胎与吉益东洞学术思想的异同点及其原因分析》。

这篇论文，我是上了心的。对徐灵胎、吉益东洞两位医家的大部分著作，我在上个世纪80年代就读

2000年，我在日本出版了《中国传统流派系谱》，这是我在日本出版的第三部著作

过，对他们的学术思想非常信服，后来走近经方，也与他们两位的引导有关。我对于他们的不同点也充满着好奇，所以，到顺天堂大学以后，又细细地、反复地阅读了他们的著作，并翻阅了其他相关的资料，在东京，这个远离中医教学漩涡的地方，冷静地思考两位大家的异同。

　　我写文章，大多要打腹稿，这篇论文也思考了大约半年。说来好笑，这篇论文的大纲居然是在候车室里完成的。2000年9月10日，我应邀到京都为京都汉方研究会演讲，为节省路费，我没有坐昂贵的新干线回东京，而改乘夜间高速巴士。阔别京都多年，也非常想去看看那条静静的鸭川，去望一眼那座长满爬山虎的曾经住过的宿舍光华寮。但我都没有，因为我心里有事，就是那篇博士论文。上午讲座完毕，我就告别日本朋友来到京都车站。改造过的京都车站宽敞明亮，数百级的台阶拾级而上，可以到达别致的屋顶花园，在那里，可以看到下面繁忙的新干线，不远处的东寺古塔、东本愿寺和西本愿寺、二条城以及京都御所，也可以远眺东山、西山、北山等环绕京都的青山。我无心恋景，环顾车站四周后，随即回到台阶上，席地而坐，铺开白纸，开始勾勒论文提纲。大纲细节，论点论据，圈点勾画……旁边的旅客走了一批又一批，太阳从头顶的天窗移到西边，直到车站灯火通明。从下午2点到晚上10点，我一个人在京都车站竟然呆了整整8个小时！两张白纸写得密密麻麻，论文骨架已经完成。登上夜间巴士后，我很快惬意地舒展肢体，闭上了眼睛……当睁开眼睛时，已经是东京的清晨。

　　徐灵胎与吉益东洞均是18世纪中国和日本的以倡导古

医学而著名的医家。这两位不同国土的医家，在相同的历史时期，形成了十分相似的医学思想，并采用了接近的研究方法，取得了本国同道公认的学术成果。这不能不说是世界医学史上的趣事。

1759年（清乾隆二十四年），徐灵胎"探求30年"的力作《伤寒论类方》终于定稿。徐氏此书，一改过去从六经论《伤寒论》的传统研究方式，"不类经而类方"，从方证相应的角度揭示了《伤寒论》辨证论治的规律，是对后世影响较大的一部著作。值得注意的是，仅仅相隔3年的1762年，日本的古方派大家吉益东洞，也完成了作为该流派经典著作的《类聚方》。此书将张仲景的处方与证"列而类之，附以己所见"，其研究思路与编集方式与《伤寒论类方》十分相似。方证研究不仅是《伤寒论》研究的核心内容，更是中医学研究的核心内容。徐灵胎与吉益东洞不约而同地选用类方法，决不是偶然的。这既是两人在长期探求医学真髓中得出的结论，也是对当时占统治地位的金元明医学进行深刻反思以后的革命行动。

1757年（乾隆二十二年），65岁的徐灵胎完成了他的医学评论著作《医学源流论》。他因感慨唐宋以来医道衰微，无儒者为之振兴，"至理已失，良法并亡"的现状，遂以其"博览群书，寝食俱废，如是数年"而造就的"寻本溯源之学"，就传统医学理论中的93个问题，阐述其独到的观点，对当时医学"笼统""支离""浮泛"的弊端多有针砭。几乎同时，吉益东洞也以非凡的勇气，向世俗提出挑战，他强调实证，强调亲身试验，反对温补，提倡万病一毒说和腹诊术，并全盘否定阴阳五行、脏腑经络、病名病因等传统理论。其学说中的36论由门人鹤元逸编成《医断》一书，并于1759年（宝历九年）刊行。两书的基调是一致的，均针对当时医学界思想混乱的局面，拨乱反正，明确了医学研究的范畴，强调以实践检验理论的科学思想方法。这对于促使当时的医学从宋明理学的束缚中解脱出来，从"怪僻之论，鄙俚之说"等迷信荒诞的邪说中剥离开来，具有积极的意义。

18世纪的中国和日本，均处在一个学术思想的动荡期。在中国，明末清初兴起的实学思潮，以复古为号召，对空疏的宋明理学进行了批判。医学界也转向崇尚汉唐医学，注重医学自身的研究，注重前人实践经验的整理，讲求实效，不尚空谈，医学风气也为之一变。在日本，儒学也实施着同样的变革，受其影响，以吉益东洞为代表的医家冲破阴阳五行学说为主要说理工具的金元医学的束缚，以临床事实为基础，试图构筑实践的医学体系。应该说，徐灵胎与吉益东洞都是这个时代的医学革命家。正是由于所处在同样的时代，促使他们产生了相同的学术主张，真可谓"异域同心"。徐灵胎与吉益东洞重视方证与药物效能的研究，重视临床现象的观察和分类研究，具有明显的近代科学色彩。他们提倡古医学的目的，正如日本学者山本严所说的，这"并不意味着医学的倒退，实质是医学的自然科学化"。可以说，这是18世纪世界东方出现的一道耀眼的医学科学精神的闪光。

我发现，这两位医学家心目中的医学人才模式以及主张的培养方式是不一样的。在徐灵胎的眼里，医学首先是一门学问，而不仅仅是一种技术，更不是谋生的手段。面对清代乾隆年间日益增多的许多"为衣食之计"的从医者，徐灵胎充满了忧虑和不安。他最期盼的是所谓"伟人""奇士"般的从事医学研究的高级人才的大量出现。徐灵胎心中的理想人才，首先是"聪明敏哲"的、"渊博通达"的、"虚怀灵变"的、"勤学善记"的、"精鉴确识"的所谓"具过人之质、通人之识"的高素质人才，然后，又有"屏去俗事，专心数年，更得师之传授"的培养过程。正是基于这种人才模式的设定，决定了徐灵胎必须强调基础，强调博取，强调精思。

日本的情况也差不多。中医学自从导入以后，一直是作为官廷医学或贵族医学的形态存在的。江户时代以来，随着人口的增加和都市化，市民阶层的扩大，社会对医疗要求不断扩展，需要大量的平民医生。吉益东洞所提倡复兴的"疾医之道"，是一种朴素的、原始的经验医学形态。换句话说，是一种应用方药的技术。所谓"医之学也，方焉耳""药论者，医之大本，究其精良，终身之业也"。正是由于这种"疾医之道"的简洁性和通俗性，适应了社会的需求，从而吸引了大批的求学者。据说，当时"从游而受业者多矣，上堂入室百有数人"。要在较短的时间内向初学者传授医学，强调方药应用技术，强调理所当然的经验，强调实证性强的腹诊，无疑是最佳的选择。

对徐灵胎、吉益东洞两位医学家学术思想的思考，让我明白了一个道理：做学问，不能关起门来，而要关注天下大势。经方的推广，不仅仅是学术问题，也是一个社会民生问题。当今的中国，并不需要大量的中医理论家和做实验的研究员，而是迫切需要大批为老百姓提供基本医疗保健服务的中医临床人员！经方愈病机理固然需要弄清，但让年轻的医生们掌握如何用经方治疗常见病、多发病的技术更为刻不容缓！现代的中医不可能花数十年的时光去参悟医理，他们需要教师将3年讲授的内容最好用3个月去讲完！复杂的问题，一定要简单表述；平常的问题，一定要深刻表述！

在日本的那段日子，我经常想起我国中医界的前辈承淡安先生。非常有幸，我与承淡安先生是同乡，我家老宅在小镇东南，先生的老宅在小镇西北。先生生活的那个年代，内忧外患，饥馑连年，贫病交迫者比比皆是，而针灸治病，简便验廉，不花钱，能治病，是当时中国平民医疗的最佳选择。于是，先生怀着高度的社会责任感，将针灸推广作为自己一生奋斗的事业。他也到过日本考察针灸，回国以后不久，抗日战争爆发。在颠沛流离的艰苦岁月里，他坚持针灸教学，创办中国针灸医学专门学校，先后培养学员3000多人，分校遍及南方各省、香港和东南亚地区。承淡安先生后来成为南京中医药大学前身江苏省中医学校的第一任校长，而且是新中国第一批中国科学院学部委员。承淡安先生是一位了不起的忧国忧民的医学家！他是我心中的伟人。

2001年春天，我的博士论文获得答辩通过，随即回国。那时的我，踌躇满志：强调经典，立足方证，振兴民族文化，我要学徐灵胎先生！删繁就简，摸索一套快捷的适合基层医生的中医教育模式，我要学吉益东洞先生！普及经方，推广经方，为中国的平民医疗提供更多的经方医生，我要学承淡安先生！

走进医科大学

　　2001年春天，我首先在南京中医药大学开设了《张仲景药证》的选修课，同年秋天，受南京医科大学邀请，在该校开设3个大班的选修课。没有想到，这门中医味那么浓的课程，居然也引起西医大学生们的关注。

　　课程是从甘草开始的。上课铃声响过，我走上讲台，没有开场白，没有板书，而是拿出一包甘草饮片，每人一片，让大家咀嚼。阶梯教室一阵躁动，好奇、新鲜……我问："什么味道？""甜！""知道这是什么中药吗？"短暂的沉默……"西洋参！""当归？"几个勇敢的男生先发声。我不语。这时，是怯怯的女声："甘草！"这是蜜饯的味道，女生们熟悉的感觉。我笑着，转身在黑板上写上今天讲课的主题——甘草。我接着说："今天为何要你们品尝甘草呢？是想让大家明白两个道理：第一，中药未必都是苦的，也有甜的，甘草就是；第二，中药哪里来的？是尝出来的，是中华民族的先人们用自己的身体尝试出来的。今天，我要让你们也当一回神农。学中医，必须要多临床，多尝试，多实践。"下面鸦雀无声，神情专注……

甘草，是最古老的药物，也是临床最常用的药物。单味甘草可以治疗咽喉疼痛，可以解毒，可以止咳，可以疗瘦，可以定悸，可以缓急……配干姜，止呕止泻；再配附子，是四逆汤的构成，能够回阳救逆；配桂枝，可以定悸；配芍药，可以解痉止痛；配柴胡，可以推陈致新，解表和里；配石膏，可以清热止汗；配麻黄，可以发汗；加大枣、小麦，能安神定躁……甘草泻心汤，是黏膜的修复剂，是治疗口腔溃疡的专方，可以用于治疗白塞病；炙甘草汤，是止血方、急救方，是失血性心律不齐的专方，是理虚方、强壮方；甘麦大枣汤，是镇静剂，但甘甜可口……以甘草为圆心，螺旋形地散开，就形成了经方的各个群体，知识面就此扩大，古典医学的世界就此打开……

《张仲景药证》的每次讲座，就讲一味药物。那些千古相传的经方，牵连出许多风趣的名医故事和实用的临床经验，让学生们感受到古代中国人的睿智和聪慧，把年轻人引进中医的天地。可能是选题好，也可能是我用心备课和演讲方式新颖，《张仲景药证》受到学生们的好评，听课的人数越来越多，教室里常常挤满了人。有次，教室突然调换，我找到教室已经迟到了近半小时，当我走进教室时，立即爆发出雷鸣般的掌声，同学们一个没走，都在翘首盼望这位讲张仲景药证的中医老师！ 2003年下半年，选《张仲景药证》课程的南京医科大学学生竟然达到3个大班，500多人！

这门课程不需要考试，最后每位听课者只需要提供一篇听课的心得体会。绝大部分的心得体会都用手写方式写得很认真，许多字迹娟秀，文笔秀美，看了让我好生欢喜。医科大学学生们的心得，大多讲他们对中医认识的转变。很多学生说，原先对中医有误解，而且是从中学里读鲁迅先生《父亲的病》这篇文章开始的。听课以后，观念改变了不少。中医不容否定，经方可以传承，中西医两法应当互补。还有不少学生边学边用经方。有个女生在听我讲泻心汤后，马上给患有高血压、高脂血症的父亲打电话：不要再服用保健品了，要服用大黄、黄连、黄芩！过些天，他父亲血压果然开始下降。父亲高兴地说，女儿啊，你多少次电话，就这个电话有用！这个女生兴奋地说，当时的感觉太好了，这是第一次尝到了当医生的感觉！有的学生是带着听听看的心态走进教室的，课桌上还放着其他的书，但听着听着，就开始记起笔记来，从此一发而不可收，等一个学期下来，竟然是一本厚厚的笔记本！还有的学生说，《张仲景药证》这门课，是我第一次将选修课当作必修课来上！学生们字里行间，透发出对经方的热爱和信任，透发出对我讲课的肯定和赞许。这几年我去一些综合性医院会诊时，居然还能遇到一些当年在南京医科大学学校的学生们，他们还记着《张仲景药证》，记着我这个讲课的中医老师。

我这个选修课不印发讲义，学生均自愿笔记，所以，课后学生们希望我出版该讲义的呼声很强烈。2004年左右，我讲稿的部分内容，曾在《中国社区医生》杂志上以及我的个人网站"黄煌经方沙龙"上刊登过，以后不断收到基层读者和网友来信，给以好评并希望我继续发表。在决定将讲稿整理成书出版后，我的学生张薛光又在讲义的基础上补充了不少资料，使全书内容更为丰满。

2008年，《张仲景药证》的讲稿由人民卫生出版社出版，改名为《药证与经方》。全书只讲了23味药物，所以，这绝对不是一本完整的药物学和临床用药的教科书，但在这本书中，我力图展示一个朴素的中医临床医学的一角。我在前言中这么写道：为什么要开《张仲景药证》这门课？我的目的有三：

第一，给学生们一个规范。学中医难，难就难在没有规范，尤其是用药规范。教科书尽管已经试图给同学们一种用药规范，但教科书更多的是偏重于解释，在应用上讲得比较粗略。而这门课偏重于应用，只讲"是什么"，不讲"为什么"。而且,是讲张仲景那个用药的规范是什么。这个古代的用药规范,叫药证。药证是什么?这里要申明几点:①药证是中医安全有效地用药的指征和证据;②药证是几千年临床应用天然药物的经验结晶;③药证并非疾病的全部,也不是疾病的内在变化,而是为临床使用药物提供的目标,而且是安全有效的目标,具有实用性;④药证不是病机,也不是药性,这是与现代中医学最大的区别所在。药证是一个古代医学的重要内容,但多年来已被忽略。讲座通过对张仲景药证的特征分析及常用配方的介绍,展示了经方医学朴素而实用的面貌和基本框架。

第二,给学生们一种方法。这个方法就是整理总结临床经验的方法。中医经验的关键就是这个方药治疗何种人的何种疾病?也就是说,所谓的药证,就是药-人-病的关系特征。药,包含处方,是治疗疾病的主体;人,指患者的整体状态和个体特征;病,指古代医学及现代医学所认定的病种。

第三,给学生们一些经验。王清任在《医林改错》中说过:"古人立方之本,效与不效,原有两途。其方效者,必是亲治其症,屡验之方;其不效者,多半病由议论,方由揣度。"经验的积累,对于中医来说是立命之本。讲座一般要介绍张仲景的经典药证,也要介绍古代名医们用药用方的经验，介绍现代临床应用经典药物和经方的经验和报道，还有介绍本人自己的体会和值得同学们参考的内容。这些间接性的经验对于初学者来说，也是步入临床之前的必要阶梯。

2011年，《药证与经方》由人民卫生出版社翻译成了英文版，好厚，封面设计要比中文版稍微生动一些，是西方传统医学的药瓶图案。对于这家老牌国家级出版社的装帧设计，我一直不太满意，总是觉得古板陈旧。这并不是我苛刻，而是年轻人的眼光如此。我是大学教师，我是为年轻人写书的，不仅书的文字要让年轻人感到轻松好读，而且，我希望书的装帧设计也要有现代的美感，要让年轻人喜爱。我理解年轻人。

2008年，《张仲景药证》的讲稿由人民卫生出版社出版，改名《药证与经方》。全书讲了23味药物，所以，这绝对不是一本完整的药物学和临床用药的教科书，但在这本书中，我力图展示一个朴素的中医临床医学的一角

在网络的世界里

　　前几年，一首动听的流行歌曲《隐形的翅膀》，传遍大江南北，其中有句歌词是：我知道／我一直有双隐形的翅膀／带我飞／给我希望／我终于／看到所有梦想都开花。互联网，为经方装上了一双隐形的翅膀，于是，经方不再是锁在金匮的宝物，不再是少数人占有的珍品，而如春燕纷飞，"飞入寻常百姓家"。

　　我第一次接触互联网，是1996年。那时，我在南京中医药大学当研究生部主任。一位在校大学生在我的办公室里从电脑上居然看到了美国白官的网页！2001年，我从日本回来后，就离不开网络了，发电子邮件真是方便快捷，敲几下键盘，稿件就去了日本。但是，真正体会到互联网的好处，还是在2004年以后。

　　2003年，我接收了两位非医学本科学历攻读中医博士学位的年轻人。一位是南昌大学的古求知，一位是南京大学的黄波，两人都是计算机系的本科毕业生。古求知清瘦白皙，有点腼腆。黄波圆脸，眼睛不大，带一副黑框眼镜，少年老成。他们凭着对中医的兴趣毅然改行入我的门下。那年的冬天，他们提议建立我的个人网站以推广经方。名称是我起的——黄煌经方沙龙。"沙龙"一词最早源于意大利语单词"Salotto"，原意指的是装点有美术品的屋子，之后也指艺术家或学者的聚会。我想，这个电子信息平台，就是我们师生在一起交流学习经方心得、讨论经方医案的后花园和聚会厅。

"经方沙龙"开始的页面比较简单粗糙，设有经方家、著作推介、理论研究、应用经验、师生交流、医疗门诊、经方论坛、留言板等版块。其中的经方论坛，是互动的平台，最为活跃。为及时报道国内外经方发展的动态，提供经方研究信息资料等，论坛设有新闻信息、经方资源、医疗信息等专栏，为方便师生讨论交流，论坛设有教学大平台、经方练习讨论区；为普及经方，促进经方的大众化，论坛还设有仲景美食园、网上咨询区。"黄煌经方沙龙"开通不久，访问量就直线上升，到2005年5月，冲破10000；截止2015年2月10日，访问量为12052109。论坛会员32742，发帖34万，每日在线IP平均1500左右，覆盖全球。就访问量而言，依次为中国大陆、中国台湾、美国、香港、马来西亚、新加坡、加拿大、澳大利亚、德国、瑞士、日本、新西兰等。作为一个推广经方的专业网站，"黄煌经方沙龙网"已经在全球享有较高的知名度。

这10年来，经方论坛的栏目不断更新调整。现在设有新闻资讯版块，内有新闻公告、新手自由投稿、charm of jingfang 栏目；黄煌教授专版，有医话和医案两个栏目；经验交流版块，设有经方实验录、病例讨论栏目；经方学堂版块，设有经方教学、仲景原文、各家经方、经方读书社、经方图书馆等栏目；学术探讨版块，设有经方方证、经方药证、经方体质、经方特诊、经方研究团队栏目；理论研究版块，设有仲景学术、岐黄医道、中西汇通、医事小言栏目；社会服务版块，设有网上咨询、经方制剂、供求招募栏目；经方 life 版块，设有养生保健、经方故事、经方文艺、社会公益等栏目；论坛管理版块，设有发展建议、会员互助、版主议事等栏目。这些版块，基本上满足了各方面的需求，犹如苏州园林，小巧、自由、精致、淡雅。

俗话说，铁打的营盘流水的兵。"黄煌经方沙龙网"虽然不是铁打的，但是网友却是如流水，一波接着一波。很多网名我已经记不清了，但有些还是非常清晰。灰龙、思玥、温小文、李小荣、loushaokun、大同、ydh、andy、顾志君、汤一笑、沙丘沙、爱好经方、虔心问道等，都是活跃而且具有睿智的网友。

网站开通后，有时也出现故障，或因为管理上的原因，暂时关闭。一旦无法打开，往往引起网友们的焦虑。2009年3月，南京持续阴雨，气温在零度以上，阴冷。经方沙龙网站域名审查迟迟不下来。5日，我写了一篇文章《早春随想》。

"今年春节以后，南京一直阴雨连绵，那天还下起了小雪。没有阳光，空气中湿度又大，气温在冰点以上，人特别不舒服，那是一种阴冷。人的心情也是一样。经方沙龙网要经过审查，原来的域名不能用，很是不便，想到许多网友无法上网交流，心里就难免焦急。等待审查的过程很长，据说一般要20个工作日，太慢了！

每天上经方沙龙论坛已经是我生活的一部分，哪怕回来得再晚，也要看了才放心睡觉。我从沙龙上获得信息，获得经验，获得研究经方的灵感和动力。有了网络，我的视野大大拓宽了，我惊喜地发现，热爱经方的人很多，而且他们非常聪明，充满激情。尽管现在的中医发展状况堪忧，但我依然对经方的未来充满信心，因为这是中医宝库中最具有魅力的部分，也是最能为人类做出贡献的部分。

有了网络，我已经不担心经方失传，更不怕经方被某些人据为己有。经方是大众的，有了网络，就能回归大众。如果张仲景在天上看到人间如此场景，他一定会十分开心。因为让经方为人类造福是他著述的宗旨。

许多网友开辟了许多充满新意的空间，如 QQ 群的建立，让大家聚集一堂讨论病案。看到大家讨论得那么热烈，分析得那么透彻，认证得那么准确，倍感欣慰！经方是大家的最爱，经方沙龙是大家的乐园！"

在焦急的等待中，8 日网站域名通过审查。当再次打开网站首页时，顿觉阳光明媚。网友们也欢呼雀跃，大家的心情与我一样。我的生活已经离不开"黄煌经方沙龙"了。每天上"经方沙龙"，浏览新的帖子和回复，不时地发一些我的感想和临床心得，是我好多年来生活中的一个部分。原来"经方沙龙"是实在的，并不是一个虚拟世界。在这里，我可以吸收来自临床的新鲜空气，可以得到网友的激励和温情，可以触发创新的灵机，可以获知患者朋友的近况……网络融入了我们的生活，也融入了经方的世界。医圣张仲景无论如何没有想到，1800 年的后代，他的思想和智慧，被如此迅速并广泛地传播。徐灵胎先生也在羡慕我们，收集资料如此便捷，让他老人家恨生之太早矣，要不然，借助网络，他的思想可以让更多的人惊心动魄。网络的力量，无法低估，经方的传播如果不和网络结合，将步履维艰。

每天，沙龙论坛的好帖不断，每天都有收获。后来好文章太多了，不忍心淹没，于是开编了《黄煌经方沙龙》系列书籍。编写工作主要是张薛光担任的。他是我早年的学生，从卫生管理专业转来。他是南通人，个头不高，年纪不大已经有不少白发，话不多，有一双聪明的眼睛。他的文史功底较深，文字也美，更主要的是他勤奋，肯吃苦。《黄煌经方沙龙》系列的编辑出版由中国中医药出版社华中健编辑负责，装帧质量很好，素雅的封面，秀美的字体和疏朗的版面，读来特别舒服。2012年，《黄煌经方沙龙》第四期出版。我的序言如下：

"经方沙龙系列书籍出版后，受到读者欢迎，发行量也不断攀升。有人说，有了经方沙龙网，为何还要编辑出版纸质的系列书？对此，我要在经方沙龙第四期出版之际，说说自己的想法。

因为每天上经方论坛，因为这些文章曾经吸引我、启发我，所以，经方沙龙系列书稿中收集的每篇文章我都熟悉，尽管如此，翻阅一页页的书稿，依然读得津津有味。这些文字都是网友们多年积累或深思所得，所传达的信息量极大，一目十行，在电子屏幕翻页浏览是无法消化吸收的。文中有的观点需要去悉心揣摩，有的经验需要临床的阅历加深才能体会……

互联网是敞开的，经方论坛上的发帖也是比较自由的，上网时难免会被一些灌水帖浪费时间，也为那些无谓的争论牵扯精力。但是，读经方沙龙系列书则没有这种烦恼，书中的内容经过精心挑选和润色，或是某个用方思路独到的案例，或是读书临证后的心得感言，或是文献考证的惊奇发现，或是令人关注的医事时评……翻阅本书，犹如在品尝一席精心烹制的法国大餐，既精致，又有味。

经方沙龙系列书装帧素雅，封面白底彩字，制作精美，纸质感十足；内页排版疏朗，不伤目力，而且便于读者随时批阅。近年来电子书流行，但我还是喜欢读纸质书。特别是午睡后，泡上一杯热茶，坐在书房的窗前读书，可以勾勾画画，可以掩卷沉思，那种读书的惬意，是无法端坐在电脑前出现的。爱读纸质书，其实是一种阅读的习惯，也是一种人们的生活方式。

经方沙龙网上每天有好帖。它是现在的，但很快是过去的，如果不加整理，有可能就会淹没在浩瀚的电子信息海洋之中。为了保留一份记忆，更为了后人研究这段经方发展的历史，我力促编辑这套经方沙龙系列书。若干年后，我们的后人将从这些纸质书中发现，在21世纪初叶，有一批执着的经方爱好者，曾经为传承经方这一中华传统文化的瑰宝而努力过……如果是这样，那是我们人生最大的满足。"

迄今，《黄煌经方沙龙》已经编辑了六册。这不仅仅是美文的汇编，也是一段历史的记录。

《黄煌经方沙龙》已经编辑了六册。这不仅仅是美文的汇编，也是一段历史的记录

玄武湖畔的十年

　　南京的玄武湖有一种娴静的美。阳春三月，从紫金山往下看，那湖水翠绿，好比是一块翡翠；从鸡鸣寺的塔上往北看，是巍峨的明城墙，然后是在微风中摇曳的绿柳，玄武湖平静得好像一块硕大无比的镜子，让蓝天白云在其身上倒影流光。玄武湖南边的城墙有个城门，名叫"解放门"，出门左边，是南京市政府大院，右边是鸡鸣寺和中国科学院的地质古生物研究所。一路两边是樱花树，每年春天这里花开如云霞，是南京一景。

　　南京市政府大院原是明代国子监、清代文庙遗址，原国民政府考试院建筑群也在这里。院门是红色的，院内有多排高高的梧桐树，五六幢大屋顶琉璃瓦的楼房巍然屹立。中间一幢最为精致，为仿明清官殿式的建筑，钢筋混凝土结构，绿色琉璃瓦，彩绘的斗拱、檐椽、梁枋，气势夺人，原名明志楼，现在是大礼堂，东西两个会议室。明志楼后面的两幢官殿式大楼，分别是南京市政府和南京市人大常委会的办公楼。我曾在这个大院里工作长达10年。

2003年1月，南京市第十三届人民代表大会第一次会议在南京市人民大会堂召开，在这个会议上，我当选为南京市人大常委会副主任。从主席台往下看，下面黑压压坐着的都是市人大代表；环顾左右，都是那些经常在电视上见到的政府官员。我恍然如梦。不过，我脑子很清醒，我到这个岗位，不是我有多少政治能耐，而是中国的多党合作的政治格局把我推上去的。那时，我是农工民主党南京市委主委。

1988年初，我加入了一个以医疗卫生高中级知识分子为主体的政党——中国农工民主党。当时，是江苏省中医研究所的孙宁铨先生介绍我入党的，事前，我征询了父亲的意见，父亲当时是另一个民主党派——中国民主同盟的主委。父亲支持我这个决定，他认为这是一个

2008 年参加南京市人大常委会

很好的社会活动的平台。确实，这里的知识分子很多，名中医不少。孙宁铨先生是妇科名医，中西医精通，雅号"送子观音"。干祖望先生是耳鼻喉科名医，医文俱佳，而且精气神十足，他来开会，从来不要车子接送，都是步行。

他敢于直言，文章犀利，针砭时弊，得罪人不少，不过，让我看到一个中医人的骨气。朱秉宜先生，肛肠科专家，不仅手术做得好，方子也开得好，他成天笑眯眯，一口苏州方言。特别是我崇拜的经方大家叶橘泉先生，曾当过农工民主党中央副主席；全国著名中医学家朱良春先生，也曾担任农工民主党江苏省副主委。这些，让我对这个民主党派更没有陌生感。

我与朱良春先生（2011）

人大的工作是新奇的。首先是会议，兼职是兼职，但程序性会议，如主任会、常委会、代表大会是必须要出席的，后来我还分管过城市建设和环境保护、民族与宗教等相关工作，各种社会活动繁多。讲话，是开会时必须的。一个中医出生的我，如何讲话是个难题。是医生，就难免带有职业的特性。举个例子，2005年，我分管城市建设环境保护方面的工作，那年去南通开全省人大系统城市建设和坏境保护工作的研讨会，我做了题为《为我国现阶段的城市建设"把脉"》发言。

"我是不驻会的人大副主任，一面在医学院当教授，一面分管人大常委会城建环保委的工作。所以，考虑社会问题，也避免不了医生的职业习惯，经常将老百姓和他们所居住的城市当作医生服务的对象，将城市建设者的工作好比维护好每个人身心健康的医务工作。下面，我结合医学术语谈一下当前我国现阶段城市建设中存在的一些问题，这些问题好比是一个一个的疾病，也好比是医生的一些误诊误治，我们必须重视它，并采取切实有效的防治措施。

'城市记忆缺失症'：在脑外伤或大病后，或强烈的精神刺激下，病人可出现记忆缺失现象，不知道自己是谁？以前是干什么的？从哪里来的？现在城市建设中到处拆除老街旧巷，推平山丘，填掉河塘，导致一种城市记忆缺失症的发生。即反映这个城市历史的人文历史遗存消失了，凸现这个城市自然地貌的山山水水削平了，作为这个城市人们生活的风情没有了。在外的游子找不到梦绕魂牵的故乡，外地的游客到此似曾相识，看到的是高高的水泥森林，听到的依然是流行歌曲和喧闹的汽车声。人们不知道这个城市是从哪里来的？以前是干什么的？今后要到哪里去？这个城市犹如一个失去记忆的患者。试想，在全球化的今天和明天，这种城市的活力何来？魅力何来？我很担心。现在许多城市的建设已经让居住在这个城市的人不认得了，这并不是好事，这可能是一种对城市记忆力的摧残。我想，在城市建设中不仅要保护那些已经确定的重点文物保护单位等实体，也要保护历史形成的城市结构布局和空间；既要保护历史街区，也要保护城市的标志性地貌；既要考虑城市发展所需要的道路建设和开发，也要尊重老百姓的故乡情怀；既要有城市的现代化，也要有城市的个性化。失去历史记忆的城市，虽然很亮丽，但缺少文化的内涵和气质，从长远看，是一种贬值。

'城市排异反应'：器官移植是当今医学领域的高新技术，能解决不少疑难重症，但带来的排异反应，轻则发热、出血、组织坏死，重则死亡。反观现代城市建设中，这种器官移植式的项目比比皆是，出现的城市排异反应也很大。大树古树的移植，大草坪的移植，导致古树枯死，草坪不活，这是生物上的排异反应；西欧建筑风格的移植，到处是大广场、罗马廊柱，老百姓对此漠然且反感，这是市民心理上的排异反应。医学上要做好器官移植，配型是关键。我想，城市建设中对外来城建式样的模仿和移植，也要配好型。比如城市的绿化，树种要多考虑使用本地土生土长的，不仅易活，而且市民易接受。听专家说，香樟适合于江西，在我省宜兴、苏州也挺好，但在南京就未必长得好。一个城市的建筑，要与这个城市的历史文化相适应。为什么夫子庙能代表老南京的文化？就是那里的建筑与那里的民俗，有一种天生的默契，一种血肉的联系。这种和谐是长期历史生活的整合交融，不是短时期内的嫁接和移植所能形成的。我们希望在城市建设中，一定要重视研究城市的文化传统和城市精神。我说，一个建筑，只有扎根于这个市民心灵之中，才能成为成功的建筑，就如南京的中山陵、夫子庙那样。

‘治疗过度’：老城改造中的大拆大建，犹如医疗上的过度治疗，就像一天之中同时进行多脏器的置换手术，换肾又换心，还要换人工关节，一个人怎么吃得消？元气必然大伤。同样的道理，一个城市的拆迁速度和拆迁规模一定要与政府的统筹能力、社会的支撑能力、群众的承受能力相适应。近几年来，我国各地随着拆迁规模的扩大，拆迁上访量也随之上升，这说明有些地方的拆迁速度和规模有些问题了。拆迁导致干群关系紧张，导致政府和老百姓的对立，这就是伤国家的元气。拆迁导致大量资金的搁置和土地的占用，也是伤国家的元气。拆迁中破坏历史遗存和民俗风情，导致城市记忆的缺失，更是伤国家的元气。

这种拆迁，其原始动机再好，我们也不能赞成。拆迁不能过急，有道是，罗马不是一日建成的。城市建设是一个精雕细刻的过程，需要时间，需要积淀，需要思考。今天我们在城市建设中为后人多留下一些发展的空间，可能以后的城市会变得更美，因为我们的后人应该比我们更聪明。拆迁要切实维护被拆迁人的合法利益。政府要加大安置房建设的力度，要注意二手房市场的监管，要让被拆迁人在拆迁后生活得更好。拆迁要依法，就像医生治疗要依据科学原则一样，不能凭一时的热情或冲动，更不能为追求不正确的政绩观而牺牲广大被拆迁人的利益。总之，拆迁是城市建设中的大事情，不能小视，不能莽撞，更不容许肆无忌惮地践踏老百姓的利益。

'忽视人情'：明代医家李中梓曾写过一篇《不失人情论》的文章，意在告诫医家处方用药要重视患者的心理状态。近几十年来，我国的医学心理学发展也很快，高等医学院校相继开设医学心理学专业。医学模式正在从生物医学模式，向生物心理社会医学模式转变。医学是这样，城市建设也应该这样。因为城市的主体是人，城市建设不仅要看数字、指标、形象、标志性建筑、道路等客观的东西，更要听广大市民的反映，评价他们对生活质量的内心感受。比起一大堆枯燥的数字来，市民更关心的是城市的空气是否清新？河水是否清澈？出行是否方便快捷？小区的配套设施是否健全？居住的小区是否有家的温馨？他们看到的、听到的是否感到舒适？总的来说，就是这个城市是否适宜日常生活？是否符合广大市民的要求。现在有些城市建设，一味追求城市的整洁，拆除路边店，但居民的油条烧饼无处购买；有的城市不断拓宽马路，结果使许多居民小区周边成为交通要道，车水马龙，使小区失去了原有的宁静。有的城市无序发展高层建筑，使美丽的天际线消失，居民没有了阳光，没有了绿色，没有了独特的城市景观。有的城市忽略污水处理，结果导致城内河水乌黑发臭，居住环境严重破坏。有的城市周边化工企业不断排放废气，导致恶臭漂移，居民苦不堪言。城市不仅仅要有城，还要有市。没有人，何有市？所以，城市建设一定不能忘记市民这个主体。他们是这个城市的主导，是灵魂，是根本。我们的城市建设要多反映市民的审美情趣和内心感受，要适应市民不断增长的生活需求和精神需求。城市建设不能成为少数人手中的橡皮泥，也不是某些官员谋求政绩的道具。换句话说，中医学家所说的'不失人情'，在城市建设者看来，就是要不失广大人民群众之情，真正把城市建设成广大市民温馨的家园。"

　　此番发言，赢得大家好评。这么多年了，读读这篇短文，好像当时也没有说错。

　　2003年春天，一次突如其来的瘟疫SARS席卷中国大地。5月6日，南京市江宁区发现1例临床诊断病例，8例疑似病例，形势一下子严峻起来。当天晚上，南京市委大楼310会议室里，市委常委扩大会议正在进行，我也被邀出席会议。市委书记罗志军脸色铁青，神情严肃，他向大家通报疫情后，说："南京有省级机关，有大军区和各个高校，而且，从北京疏散的领导也在南京，情况极其危险。我们要做好最坏的打算——全城戒严！"第二天的南京城，空气也是紧张的，许多人上街开始戴口罩，新街口当时非常红火的饭店也门可罗雀，药店板蓝根价格飙升，南京中医药大学门诊部的辟瘟香囊畅销……8日，罗志军书记来农工南京市委机关走访，当时，我谈到了中医可以参与抗"非典"，如果可以，我表示可以到隔离病区参与工作。9日，《南京电视台》记者采访我，当日即播出我在市府大院门口的镜头。我说，当今危急之际，是中医该出手的时候了！中医在治疗瘟疫方面有丰富的经验。接着，《南京日报》记者倪艳采访我，10日发表采访文章《中医药是抗击"非典"的有力武器》，强调了中医学有经方，麻杏石甘汤、小柴胡汤、白虎汤、大承气汤、泻心汤等都是古代行之有效的治疗温热病的经典配方。我呼吁社会重视中医中药在抗击"非典"上的作用。后来我得悉，5月8日下午，中共中央政治局委员、国务院副总理兼卫生部部长、全国防治非典型肺炎指挥部总指挥吴仪与在京知名中医药专家举行座谈，并发表重要讲话。吴仪副总理在讲话中充分肯定了中医药在防治"非典"工作中的重要作用，对广大中医药工作者积极主动地投入到防治工作中的奉献精神给予了赞扬。2003年，虽然我没有能够走入抗击"非典"第一线，但当时的我是做好准备的。媒体的介入，对扩大经方的影响很有好处。那时，不少人知道我能开经典方。

从2003年开始，我频繁地切换自己的角色。在主席台上，我是市人大副主任；下了主席台，出现在讲台上，我是南京中医药大学的教授；走进诊疗所，我面对病人，认真倾听病人的主诉，我就是一个医生。工作是繁忙的，但成就感是满满的。我在人大常委会了解了社会的工作，原来也和医生一样，需要辨证论治，需要整体观念；在门诊，

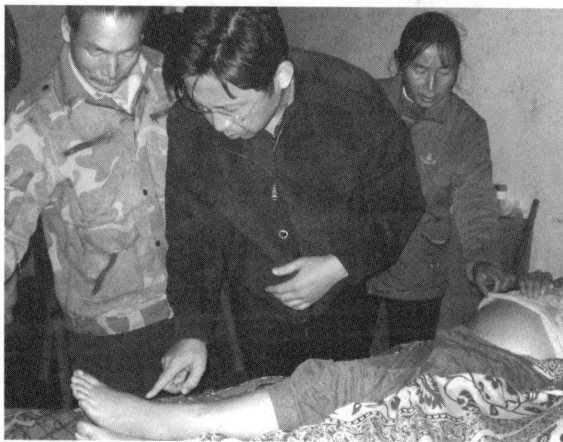

从2003年开始，我频繁地切换自己的角色（2007年农家出诊）

2012 年出席江苏省政协会议

我能够通过病人体察民情，了解社情，所谓接地气。作为一个教授，我讲课时也开始懂得推广经方，已经不是单纯地搞学术，也需要搞政治，我把经方推广的重点放在基层和海外，基层的个体医生、社区医生以及海外的中医，都是单纯的中医手段，他们的地位和收入都是靠疗效，因此，对于经方表现出极大的热情。我希望对他们的培训，能达到基层推动高层，海外影响海内的目的。我也懂得经方的推广，不仅需要学者的执着和直白，也需要一种从政的理念和智慧，需要知道何为权宜之计，何为长远之策。"经方大众化"，就是在玄武湖畔工作以后提出的一个经方推广的策略。2014年12月，"黄煌经方沙龙年会"在南京召开，期间我就"经方大众化"阐述如下：

所谓经方大众化，其目的是让经方给老百姓带来真正

的实惠，满足他们日益增长的医疗保健需求，经方花小钱
治大病，符合我国医改的方向。具体而言，是让大众了解
经方，并在生活实践中应用经方，推广普及一些安全有效
的经方，这就叫"经方惠民"。当今时代，就是一个大众
化的时代，中央电视台的《百家讲坛》栏目是一座让专家
通向老百姓的桥梁，从而达到普及优秀中国传统文化的目
的；《星光大道》是以"百姓自娱自乐"为宗旨，为大众
提供展现演唱才艺的舞台；经方大众化，就是让经方进入
生活，让大众用经方，而不是用大方贵方。经方本来就是
劳动人民发明创制的，理应回归大众，服务大众，这叫"还
方于民"。经方是中华民族的优秀文化遗产，只有藏在民

我把经方推广的重点，放在基层和海外，基层的个体医生、社区医
生以及海外的中医师，都是单纯的中医手段，他们的地位和收入都
是靠疗效，因此，对于经方表现出极大的热情（图为 2015 年 2 月
在山东莱芜市中医院讲经方）

2002 年，在南京中医药大学为台湾医生讲经方

2012 年，在南京经方年会上

间，才能代代相传，惠及子孙后代，这叫"藏方于民"。

在人大工作期间，因为是兼职，所以我依然可以从事教学与临床。当然，时间是没有原来那么多了，休息天没有了，时间表几乎全满。经方推广工作，在这段时间有了迅速发展。可能是由于我特殊的身份，学校没有对我的工作量作要求，医院也不会考核我的处方金额，这种宽松的氛围，为我经方的研究和推广工作提供了十分可贵的机遇和空间。我可以继续自由放飞自己的学术思想。在这10年中，我相继出版了《经方的魅力——黄煌谈中医》《药证与经方》《黄煌经方使用手册》等著作，出访了美国、德国、英国、法国、葡萄牙、瑞士、澳大利亚、日本、新加坡、

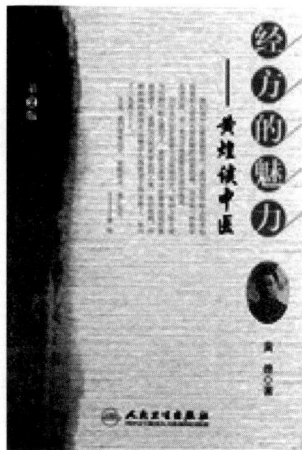

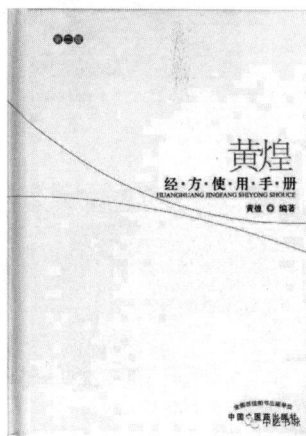

在这10年中，我相继出版了《经方的魅力——黄煌谈中医》《药证与经方》《黄煌经方使用手册》等著作

澳大利亚中国书店的黄煌书籍专柜

2013 年摄于英国伦敦

2013 年 5 月，在德国 44 届德国国际中医药大会开幕式上讲话

2009 摄于美国新奥尔良

2014 年摄于爱沙尼亚

在这 10 年中，我出访了美国、德国、英国、法国、葡萄牙、瑞士、澳大利亚、日本、新加坡、马来西亚等国，推广经方

318

2015 年元旦在台北与经方爱好者交谈

马来西亚等国，推广经方。在学校，我开设了《经方应用》的选修课，每个学期讲12次，都是在晚上。因为我没有参与必修课的教学，也就不必关注统一的教学大纲，也不必为报课题、升职称去折磨自己的精神，我感到非常轻松。

做学问，必须要有清新的空气，必须要自由地思想。这是我这么多年来最大的感受！我虽然不相信命运，但在我的生命中，一切的安排都是最好的。

后记

这本回忆录是断断续续写成的，前后经过了7年多的时间。不仅仅是工作忙，还因为写东西需要激情与灵感。我不想记流水账，我想写有感情的文字。

这是一本没有完的回忆录。我的人生还没有完，只要我的身体健康，我的回忆录还会写下去。为什么现在要出版？是因为我把这些文章在《黄煌经方沙龙》网上发表后，引起许多读者的关注和转载，有的读者还干脆为我印出了

纸质版。我也觉得，只要变成了白纸黑字后，拿在手上才
有书的感觉。

　　回想起来，学中医40多年，我是一脚高一脚低地走过
来的，也是顶风冒雨冲出来的。我写这些小文章，是回顾，
也是小结，就如我多年来喜欢整理医案，喜欢临床经验总
结一样，我的学医历程就是一个案例，一个从中医学徒到
中医教授的个案。可能是出于职业的习惯，我也是为了让
更多的年轻学子们读一读，看看这位中医老人是怎么走过
来的，我失败的教训，我成功的经验，可能对他们的学习
有所启发和帮助。

　　我还要说一下，我是没有经过正规学校教育的中医，
那个年代，我们这一代人也无法得到良好的教育。如果说
我属于成功者，那这种成功，可能归结于我有独立的思维
方式，我喜欢自由飞翔。当然，我的学医经历，注定了我
有"野种"的基因。后来虽然进入高校，但也一直处在时
髦中医的边缘。我庆幸命运的如此安排，让我看到了教科

书以外的世界，寻觅到了中医学中的瑰宝——经方。我感谢这个大学，那就是社会实践。

这些年来，我致力于经方的推广，从国内到国外，从高校到基层，从教室到网络，我走了很多地方。每到一个地方，我都在呼吁大家关注经方、应用经方。我钦佩当年楚国的卞和，捧着一块石头，任凭双脚被刖，双眼泪尽泣血，依然坚持推荐这块含有璞玉的石头。这是何等的勇气和毅力？我是幸运的，推广经方遇到的困难微乎其微，当今，一股"经方热"正在中国大地涌现，以经方为载体的中医国际化的浪潮也将出现。这让我无比欣慰，因为这就是我的梦！